The Mind of Mr. J. G. Reeder

Edgar Wallace

論創海外ミステリ
Ronso Kaigai MYSTERY
177

J・G・リーダー氏の心

エドガー・ウォーレス

板垣節子 ◎ 訳

論創社

The Mind of Mr. J. G. Reeder
1925
by Edgar Wallace

目次

主要登場人物

J・G・リーダー……………………公訴局長官事務所に雇われる探偵
マーガレット・ベルマン……………リーダー宅の近所の住人

（詩的な警官）
ランプトン・グリーン………………銀行の支店長
アーサー・モーリング………………銀行の夜警
マグダ・グレイン……………………グリーンの婚約者
バーネット……………………………巡査

（宝さがし）
ルー・コール…………………………贋金造り
スタン・ブライド……………………ルーの友人
ジェイムズ・タイザーマイト………准男爵。治安判事
マーガレット・レザビー……………タイザーマイト卿の婚約者

（一味）
アート・ローマー……………………窃盗団のボス

バーティ・クロード・スタッフェン……ロンドンの実業家

（大理石泥棒）
ロイ・マスター……………………マーガレット・ベルマンの友人
シドニー・テルファー……………テルファーズ合同会社の社長。マーガレットの上司
スティーヴン・ビリンガム………テルファーズ合同会社の専務取締役
レベッカ・ウェルフォード………テルファー宅の家政婦

（究極のメロドラマ）
トミー・フェナロー………………偽造紙幣の売買業者
ラス・ラル・パンジャビ…………宝石泥棒
ラム…………………………………ラス・ラルの手下

（緑の毒ヘビ）
モウ・リスキー……………………ギャングのボス
エル・ラーバット…………………ムーア人の犯罪者
メアリルー・プレジー……………モウ・リスキーの愛人

パイン…………………………………ロンドン警視庁の警部

（珍しいケース）

セリントン卿……………………………外務次官
ハリー・カーリン………………………セリントン卿の甥
アーサー・ラサード……………………慈善事業家

（投資家たち）

デ・シルヴァ……………………………投資会社の代表
ジョゼフ・ブレイチャー………………弁護士
アーネスト・ブレイチャー……………弁護士。ジョゼフの弟

J・G・リーダー氏の心

1　詩的な警官

リーダー氏が公訴局長官事務所に到着した日。それは、ロンドン・スコティッシュ・アンド・ミッドランド（L．S．M．）銀行の支店長、ランプトン・グリーン氏にとって、真実、運命の日となった。

グリーン氏が取り仕切る支店は、イーリングの〝片田舎〟、ペル・ストリートとファーリング・アベニューの角に位置していた。大方の郊外支店と違ってかなり大きな建物で、その大部分が銀行業務に当てられている。と言うのも、その支店では非常に大きな預金高を扱っていたからだ。従業員名簿に三千人の名を連ねるルナ輸送会社、巨大な売上高を誇る連合ノベルティ社、そしてララフォーン電話会社。L．S．M．の顧客は、この三社だけだった。

毎週水曜日の午後になると、これらの会社の給料支払いの準備のために、莫大な額の現金が本店から運び込まれ、鋼鉄とコンクリートで固められた堅牢な金庫室へと納められる。その部屋はグリーン氏の職務室の真下にあったが、出入りは一般事務室内の鋼鉄のドア一つに限られていた。このドアは外の通りからも見えるようになっている。監視の効果を高めるために、真上の壁にはランプが取りつけられ、ドアに強力な光を注いでいた。加えて、さらなる安全を確保するために、軍人恩給受給者のアーサー・モーリングが夜警として雇われていた。

銀行側は、四十分ごとに警官が支店の前を通過できるよう、秘密の巡回パトロールを組んでいた。パトロール警官は、窓を覗き込み、夜警と合図を交わすことになっている。職務として、警官はモーリングが姿を現すまで待っていなければならなかった。

十月十七日の夜、バーネット巡査はいつものように大きな覗き穴の前で立ち止まり、銀行の中の様子を窺った。最初に気づいたのは、頑丈な金庫室のドアの上のランプが消えていることだった。夜警の姿は見えない。不審に思った巡査は、夜警がいつものように顔を出すのを待たず、窓の前を通り過ぎてドアへと向かった。心配したとおり、わずかにあいている。ドアを押しあけて中に入り、モーリングの名を呼ぶ。返事はない。

出所は不明だが、かすかに甘い香りが漂っていた。事務室に人影はない。支店長の部屋に入ってみると、照明が煌々と灯り、人が倒れているのが見えた。夜警だった。両手首には手錠がかけられ、膝と足首が革ひもできつく縛り上げられている。

胸が悪くなるような、おかしな臭いのもとは今や明らかだった。横たわる男の頭上に、ワイヤーで額長押《がくなげし》にひっかけられた古いブリキ缶がぶら下がっている。その底にあけられた穴から、モーリングの顔を覆う分厚いガーゼの上に、揮発性の液体のようなものが絶え間なく滴り落ちているのだ。

戦時中に負傷経験のあるバーネットは、瞬時にそれがクロロホルムの臭いだと気づいた。無意識状態の男を外の事務所に引きずり出し、顔からガーゼを払いのける。警察本署に電話連絡を入れるあいだだけそばを離れたものの、巡査は何とか男の意識を取り戻させようと空しい努力を続けた。

数分のうちに警察の待機人員が到着する。通報が入った際に幸運にも本署にいた地区担当医も一緒だった。しかし、気の毒な被害者を蘇生させようとする試みはすべて、空しいものと判明した。

「発見されたときにはすでに死亡していたんでしょうね」というのが、担当医の判断だった。

「右の掌にある引っかき傷についてはわからないが」

医者は、死体の握り拳を押し開き、五、六個ほどの小さな引っかき傷を見せた。掌に血がこびりついているところからすると、できたばかりの傷のようだ。

バーネット巡査はすぐに、支店長のグリーン氏を起こすために使いに出された。支店長は、銀行があるファーリング・アベニューの角に住んでいた。ロンドン市民には馴染み深い、縞模様の二軒続き住宅が並ぶ通りだ。ドアに続く小さな前庭を進んで行くと、鎧戸から明かりが漏れている。バーネットがノックをする間もなくドアがあき、きっちりと身なりを整えたランプトン・グリーン氏が姿を現した。警官の鋭い目からすると、かなり動揺しているようだ。玄関ホールの椅子に、大きな鞄と旅行用の膝かけ、傘が置かれていた。

バーネットの発見について話を聞くうちに、支店長の顔は死人のように青ざめた。

「銀行に強盗が入ったって？　そんなばかな！」金切り声に近かった。「何てことだ！　そんな恐ろしいことが！」

今にも倒れそうな支店長を、バーネットは支えて通りに連れ出さなければならなかった。

「わ、わたしは、休暇に出るところだったんだ」銀行に向かって暗い通りを歩き出した支店長は取り乱している。「実際には——辞職したところだった。手紙を残してきたんだよ——重役たちに説明するための手紙を」

疑わしげな目を向ける人々の中に、支店長はよろめくように入って行った。机の引き出しの鍵をあけて中を覗き込み、絶望的な顔を上げる。

「ない！」彼は大声で叫んだ。「鍵は――ここに入れておいたんだ。置き手紙と一緒に！」

その後、支店長は気を失った。目を覚ましたときには警察の独房の中だった。そして同じ日のうちに、警察裁判所判事の前で二人の警官に支えられて頭を垂れ、悪夢でも見ているかのように自分に対する告発を聞くことになった。アーサー・モーリングを死に至らしめた罪、さらには、十万ポンドを横領した罪に問われて。

ジョン・G・リーダー氏が、ローワー・リージェント・ストリートにある自分のオフィスから、公訴局長官に与えられた、建物の最上階にある幾分陰気な事務所に移ってきたのは、裁判が最初に差し戻された日の朝だった。政府の組織など何一つ信用していない彼にとっては、あまり気の進まない異動だった。この件に関して、彼は一つだけ条件を出していた。専用の電話回線で、常に以前の事務所と連絡が取り合えること。

この点について、彼は要求したわけではなかった――彼は決して、何事も要求したりはしない。頼んだのだ。恐々《こわごわ》と、申し訳なさそうに。ジョン・G・リーダーには、人の同情心を掻き立てる、どこかもの悲しげな頼りなさがある。この弱々しげな中年男を、恰幅がよく有能で、謎めいた部分もあるホルフォード警部の代わりに起用したことは本当に正しかったのだろうか？　公訴局長官にさえ、そんな不安を抱かせてしまうような頼りなさが。

リーダー氏は、五十過ぎの馬面の紳士だった。白髪交じりの砂色の髪をしている。頬を広範囲に覆う髭が、幸いにも大きく飛び出した耳から人々の目を逸らさせてくれた。鼻の半ばまでずり落ちた金縁の眼鏡。彼がその鼻眼鏡を活用している姿を見た者はいない――何か読むときには、必ず外されているのだから。てっぺんが平らな高々とした山高帽はお似合いだが、貧相な胸をボタンで締め上げたフロックコートはいただけない。つま先の四角い靴。幅広で、胸当ての見本のようなクラバット・タイは既製品で、襟の後ろで留められている。リーダー氏の持ち物で最もすっきりとしているのは雨傘だが、あまりにもきつく巻かれているため、軽薄な印象を与えるステッキに見間違われそうなほどだ。雨の日も晴れの日も、彼はこの傘を腕にかけて持ち歩いていた。しかしいまだかつて、その傘が広げられているのを記憶する者はいない。

ホルフォード警部（現在は警視の地位に昇進したのだが）は、業務の引き継ぎのために、その事務所で彼と顔を合わせた。加えて、古い装備や備品といった、細々としたものについても説明した。

「お会いできて光栄ですよ、リーダーさん。これまでこんなありがたい機会には恵まれませんでしたが、お噂はいろいろと伺っております。イングランド銀行の一件に携わっておられたんですよね？」

確かにその名誉にはあずかったとリーダー氏は呟《つぶや》き、溜息をついた。まるで、ひっそりと人知れぬ仕事から自分を引き剝がした運命の、暴力的な力を嘆いてでもいるかのように。ホルフォード氏は、すっかり途方に暮れた目で相手を見つめていた。

「まあ」と、困り切った様子で言葉を続ける。「この仕事はまた別物ですが、あなたがロンドンでも指折りの知識人だという話は聞いています。そうであれば、簡単な仕事ですよ。これまで、我々がこの事務所に外部から人を招き入れたことはありませんでした――つまり、いわゆる私立探偵というような方を。当然、ロンドン警視庁も少し――」

「よくわかっております」リーダー氏は、きっちりと巻かれた雨傘を腕にかけて呟いた。「しごく当然なことでしょう。ボロンドさんが面会を求めているんです。細君がひどく気を揉んでおりましてね――まあ、もっともなことです。しかし、そんな必要などないのですがねえ。野心的な女性でして。

近々強制捜査を受けるかもしれないウェスト・エンドのダンスクラブの所有権を三分の一保有しているんです」

ホルフォードはたじろいだ。ロンドン警視庁内でそんな話も囁かれていたが、単なる噂以上のものではなかったからだ。

「いったいどこでそんな話を聞いたんです?」思わず、そう口走っていた。

リーダー氏は謙遜とも言えそうな笑みを浮かべた。

「奇妙な情報のかけらを拾い集める人間がいるものなのですよ」申し訳なさそうに、そう答える。「わ、わたしは、すべてに悪を見てしまう質《たち》でしてね。おかしなこじつけではあるのですが――犯罪者の心を持っているというわけです」

ホルフォードは長々と息を吸い込んだ。

「まあ――さしてすることもありませんからね。例のイーリング事件は極めて明快ですし。グリーンは前科者なんです。戦時中に銀行で職を得て、支店長まで勤め上げたんですが。紙幣偽造で七年間、服役していたんですよ」

「横領と紙幣偽造」リーダー氏が、ぼそりと言う。「わ、わたしは、残念ながら、彼の罪に対する重要な証人だったんです。銀行犯罪はわたしにとって――そのう――趣味のようなものでしたから。ええ、彼は金貸しと面倒なことになってしまったんですよ。愚かなことに――本当に、愚かなことに。なのに彼は、自分の間違いを認めようとしない」リーダー氏は大きな溜息をついた。「気の毒な男だ! 人間というものは、自分の人生が危うくなって初めて、みっともない言い訳を受け入れるものなのかもしれませんねえ」

警部は新参者を驚いて見つめた。

「あの男がどのくらい〝気の毒〟なのか、わたしにはわかりませんね。あいつは十万ポンドもの金を隠し、あんな根拠もないほら話をでっち上げたんですよ。それについてはわたしも読みましたし、ご希望でしたら、報告書のコピーがここにもあります。モーリングの手に残っていた引っかき傷は奇妙ですが――一方の手に数カ所見つかっています。争いがあったことを示すほどの深さではありませんね。グリーンの作り話によると――」

J・G・リーダー氏は悲しげに頷《うなず》いた。

「詳細な内容ではありませんでしたね」悲嘆に暮れたような声で彼は言った。「わたしの記憶が正しければ、こんな内容だったと思います。ダートムーア刑務所で一緒だった男が、彼のことに気がついた。金を払うか、ここから立ち去ることになるか、男はグリーンにそんな脅迫状を送りつけた。犯罪者に戻るよりはと、グリーンはすべての事実を打ち明ける手紙を上役宛てに書いた。彼はその手紙を鍵と一緒に自分の机の引き出しに入れ、出納長宛ての手紙もその人物の机の上に残した。ロンドンを離れ、自分のことを知る者がいない土地で、新しいスタートを切るつもりでいたのです」

「机の引き出しの中にも上にも、手紙なんてありませんでしたよ。それに鍵も」警部はきっぱりと言い切った。「その作り話の中で唯一正確なのは、彼がブタ箱に入っていたという事実だけです」

「服役していた、です」リーダー氏は悲しげに言い直した。スラングが大嫌いなのだ。「ええ、その点は事実です」

事務所に一人残されたあと、彼はかなり長い時間、自分の専用電話で若い女性と話し込んでいた。確かにまだ若いことは若かったが、時の流れは決して彼女に親切ではなかった。そのあとの午前中は、前任者が机の上に残していった供述書を読んで過ごした。

公訴局長官がぶらりと訪ねて来たのは、午後も遅くなってからのことだった。積み上げられた書類の隙間から、部下が猛然と仕事をしている様子が見えた。

「何を読んでいるんだね――グリーン事件の書類かい？」満足感が滲む声で彼は尋ねた。「きみが興味を持ってくれて嬉しいよ――もっとも、かなり明白な事件のようだが。でも、銀行の経営者から手紙をもらっていてね。どういうわけか、その人物は、グリーンが真実を話していると信じているようなんだ」

リーダー氏は、当惑したときには必ず現れる悲しげな表情を浮かべて顔を上げた。

「バーネット巡査の報告書がここにあるんだ。きみなら、わたしの疑問を解いてくれるんじゃないかな。バーネット巡査はこんなふうに証言している――読んでみるよ」


『銀行に到着する直前、建物前の通りの角に男が立っているのが見えました。通過する郵便配達の車のライトではっきりと見えたんです。そのときには、男の存在にさほどの重要性は感じませんでした、その後、再び見かけることもありませんでした。この男が、わたしに目撃されることなく、区画をぐるりと回ってファーリング・アベニュー一二〇番地にやって来ることは可能だったと思います。その男を見かけたすぐあと、わたしは舗道に落ちていた鉄の塊に足をぶつけました。懐中電灯の光を当ててみると、古い蹄鉄《ていてつ》でした。夕方の早い時間帯に、子供たちがその蹄鉄で遊んでいたのを見ています。通りの角にもう一度目を向けてみたときにきは、男の姿は消えていました。きっと、わたしの懐中電灯の光に気づいたんでしょう。ほかに人影は見ていません。覚えている限りでは、グリーンの家の前を通り過ぎたときには、明かりはついていませんでした』

　リーダー氏が顔を上げた。

「どうだい？」長官が問う。「特にこれと言って人目を引くようなことはない。区画の角を曲がって巡査の背後に回ったのは、恐らくグリーンだろう」

　リーダー氏は顎先を掻いていた。

「ええ」考え込みながら答える。「まあ」そう言って彼は、椅子の上でもぞもぞと身を動かした。「警察とは別に、わたしが少しばかり聴き取り調査をしたら、不作法だと思われるでしょうか？」おずおずとそう尋ねる。「警察の仕事に素人くんだりが口を出して、などとは思われたくないのですが」

「それなら」と、長官は穏やかに提案した。「まずは、この事件の担当者に会ってみたらいい。彼宛ての信任状を書いてあげるよ――わたしの部下が単独で調査を行うことは、決して珍しいことではない。もっとも、きみが新たな事実を発見できるとは思えないがね。ロンドン警視庁が徹底的に調べているから」

「彼に会うこともできるでしょうか？」リーダーは躊躇《ためら》っている。

「グリーンにかい？　ああ、もちろんだとも！　きみのために必要な指示書を書いてやろう」

　たたんだままの雨傘を腕にかけ、コートの襟を立てて、リーダー氏はブリクストン刑務所の陰鬱な出入り口を通り抜けた。そのころにはもう、灰色に吹き荒れる空から光は薄れ、時々思い出したかのように、ばらばらと雨が降り落ちていた。通された独房では、放心したような男が両手で頬づえをつき、虚ろな目で虚空を見つめていた。

「本当です。本当のことなんです！　何もかも」グリーンは半分すすり泣きながら訴えた。

頭が禿げかけ青白い顔をした男は、灰色になりつつある黄色っぽい貧相な口髭の持ち主だった。人の顔については驚異的な記憶力を有するリーダーは、相手の顔を見た途端にそれとわかったが、グリーンがリーダーのことを思い出したのは、しばらく経ってからのことだった。

「ええ、リーダーさん、思い出しましたよ。以前、わたしを捕まえた方ですね。でも、その後は真っ正直に生きてきたんです。自分のものでないものに手をつけたことなどありません。気の毒なあの娘がどう思うことか――」

「結婚していらっしゃるんですか？」リーダー氏は心配げに尋ねた。

「いいえ。でも、そうするつもりでいたんです――もっと、あとになってからのことですが。わたしより三十近くも若い娘ですからね。あれほど気立てのいい娘は――」

リーダーはそのあとに続いた恋愛話にじっと耳を傾けていたが、徐々にその顔が曇っていった。

「ありがたいことに彼女が法廷に呼び出されることはありませんでしたが、あの娘は真実を知っています。完全に打ちのめされていると友人から聞きましたから」

「気の毒に！」リーダー氏は頭を振った。

「彼女の誕生日でもあったんですよ」男は苦々しげに続けた。

「あなたが立ち去る予定でいたことを彼女は知っていたんですか？」

「ええ。前の夜に話しておきましたから。この一件に彼女を巻き込むつもりはありません。もし、わたしたちが正式に婚約をしていたなら、話は別でしょう。でも、彼女は結婚していて、離婚の協議中なんです。判決はまだ出ていませんが。彼女と一緒に出歩かなかったのも、あまり会わないようにしていたのも、そういうわけです。それにもちろん、わたしたちが婚約していることなど誰も知りませんでしたしね。二人とも同じ通りに住んでいるんですが」

「ファーリング・アベニューにですか?」リーダーの問いに、銀行の支店長は力なく頷いた。

「彼女は十七歳でひどい男と結婚させられたんです。秘密にしておかなければならなかったのは、実に腹立たしいことでしたよ——つまり、わたしたちの婚約について誰も知らない、ということですが。ろくでもない男たちが次々と彼女に言い寄ってくるのに、わたしはただ歯ぎしりをするばかりで、何も言えなかったんですから。まったくもって信じられない! わたしを逮捕したあのばかバーネットでさえ、彼女に惚れ込んでいたんです。詩なんぞを書き送ったりして——警察官がそんなことをするなんて、信じられないでしょう?」

詩心と警察官。そのひどく奇妙な取り合わせも、探偵には何の衝撃も与えなかったようだ。

「詩心は誰の中にもありますよ、グリーンさん」穏やかにそう返す。「それに、警官も人間ですから」

リーダー氏はいとも簡単に、その巡査の風変わりな資質に対する批判を切り捨ててしまった。しかし、詩的な探偵の心は、ブロックリー・ロードの自宅に帰る途中も、眠りに落ちるまでの残された時間も、ずっと一つのことでいっぱいだった。

午前七時四十五分。J・G・リーダー氏がファーリング・アベニューにやって来たのは、世界中がどこもかしこも、牛乳配達夫と笛を吹き鳴らす新聞売りだらけのように思われる時間帯だった。

つかの間、世間からやっと恐怖の目で見られることがなくなっている銀行の前に立ち止まっただけで、彼は広い通りを進み続けた。通りのどちらの側にも、かわいらしい屋敷が並んでいる——とは言え、どの家も互いに似たり寄ったりの外見なのだが。小さな前庭がある家々。芝生だけの場合もあるし、花壇で飾られている場合もある。グリーンの住まいは右手の十八番目にある家だった。ここで彼は、料理人兼家政婦と生活していた。明らかに、ガーデニングは彼の趣味ではなかったらしい。前庭は、好き放題に伸びた草で覆われていた。

二十六番目の屋敷の前でリーダー氏は立ち止まり、すべての窓を覆っている青い鎧戸をぼんやりと見上げた。マグダ・グレイン嬢は花好きのようだ。ゼラニウムでいっぱいのウィンドー・ボックスが、張り出し窓の小さな縁に沿って点々と置かれている。芝生の中央には丸い花壇があり、花をつけていないバラの木が一本。葉が茶色くなって落ちていた。

視線を上の窓に上げてみると鎧戸がゆっくりと上がり、白いレースのカーテン越しにぼんやりと人影が見えた。リーダー氏は、不作法な行為を見とがめられた人のようにそそくさとその場を立ち去り、通りの突き当たりの角にある大きな植木屋の庭までやって来た。

彼はそこでしばし立ち止まり、考え込んでいた。腕を鉄柵に預け、ぼんやりと温室を眺めながら。あまりにも長くそうしているものだから、初めて訪れる人間が庭への入り口を探しているのかと植木職人に思われたとしても不思議はなかった。職人の一人が、いかにも土から生計を得ている男といった重々しい足取りで近づいて来て、誰か人が必要なのかと尋ねた。

「何人もの人が」リーダー氏は溜息をついた。「ええ、何人もの人が必要です!」

この不作法な態度に頭を捻り憤慨する男を残して、リーダー氏はゆっくりと、やって来た道を引き返した。四一二番地で再び立ち止まり、小さな鉄製の門をあけ、正面玄関への小道を進む。小柄な娘がノックに応え、彼を客間に招き入れた。

家具の少ない部屋だった。と言うか、家具らしい家具はほとんどない。まだ真新しいリノリウムが廊下を覆っている。客間自体の家具と言えば、小枝細工の椅子と四角い綺麗なカーペット、それにテーブルが一つだけ。頭上から人の足音が聞こえるが、剝き出しの板の上を歩く音だ。やがてドアがあき、若い娘が姿を現した。

非常に美しい娘だが、顔には悲しみの跡が窺えた。青ざめ、やつれ果てている。目は、つい先ほどまで泣いていたかのようだ。

「マグダ・グレインさんですか?」娘が部屋に入って来るとリーダーは立ち上がり、尋ねた。

娘が頷く。

「警察の方ですの?」彼女はすぐに訊き返した。

「正確には警察の人間ではありません」慎重に、そう訂正する。「わたしは、公訴局長官の事務所と、そのう――契約をしている者です。似てはいますが、ロンドン警視庁に属する人間とは別の立場の者です」

娘は眉根を寄せたが、話を続けた。

「わたしに会いに来る方がいらっしゃるんじゃないかと思っていました。グリーンさんの依頼ですの?」

「あなたのことはグリーンさんから聞きましたが、彼に頼まれたわけではありません」

その瞬間、リーダー氏をぎょっとさせるような表情が娘の顔に浮かんだ。ほんの一瞬のことで、訓練された目でなければ、とても捕えることができないうちに消え去った。

「誰かがいらっしゃるだろうと思っていたんです」娘は続けた。「あの人はどうして、あんなことをしたのかしら?」

「彼がやったと思っていらっしゃるんですか？」

「警察はそう思っていますわ」娘は深い溜息をついた。「こんなところになんか——来なければよかった！」

リーダーは答えなかった。代わりに、室内の様子に目をさ迷わせていた。竹材のテーブルに置かれた古い花瓶に、黄金に輝く小菊がぞんざいに生けられている。非常に美しい花束だったが完璧とは言えなかった。真ん中から、大きなシオンが一本突き出ているからだ。それが、高貴な集まりに誤って迷い込んでしまった成金《なりきん》のような、何ともうら寂しい印象を与えていた。

「花がお好きなんですね？」呟《つぶや》くように彼は言った。娘が関心もなさそうな目で花瓶を見やった。

「ええ、好きですわ。使用人の娘《こ》がそこに置いたんです」続けて、「彼は死刑になると思いますか？」

躊躇う様子もない問いの残酷さに、リーダーはショックを受けた。

「それは非常に重い刑罰ですね」そう答え、「ところで、グリーンさんの写真はお持ちですか？」と尋ねた。

娘は眉根を寄せた
「ありますけど。必要ですの？」

リーダーが頷く。

娘が部屋を出るやいなや、彼は竹材のテーブルに近づき、花の束を持ち上げた。花瓶のガラス越しに見ると、花はひもでぞんざいに束ねられている。茎の切り口を見て、最初の判断が正しかったことが判明した。どの花も切り取られたものではない。茎からそのまま折り取られたものだ。ひもの下には、当初花を包んでいた紙がそのまま残っている。ノートブックから剝ぎ取られた紙だ。赤いラインは見えるが、鉛筆書きの文字までは読めなかった。

階段を下りて来る娘の足音が聞こえ、リーダーは花をもとの位置に戻した。娘が部屋に入って来たときには、窓から外の通りを眺めていた。

「ありがとうございます」写真を受け取りながら礼を言う。

写真の裏には、愛情のこもったメッセージが添えられていた。

「彼によると、あなたは結婚されているんですよね？」

「ええ、結婚しています。離婚しているのも同然なんですけれど」娘はそっけなく返した。

「こちらには長くお住まいで？」

「三カ月ほどです。あの人が、ここに住むよう望んだものですから」

リーダーは再び写真に目を落とした。

「バーネット巡査のことはご存知ですか？」

娘の顔がどんよりと赤らみ、またもとに戻ったのを、リーダーは見逃さなかった。

「ええ、あの女々しいばか男のことなら知っていますわ！」憎々しげにそう答える。しかし、まったくもって淑女らしからぬ物言いに自分でも驚いたのか、娘は口調を和らげて続けた。「バーネットさんはとても感傷的な方なんです。わたしは、感傷的な人間は好みません。とりわけ――あなたにもご理解いただけると思いますが、ええと――」

「リーダーです」探偵はぼそぼそと呟いた。

「ご理解いただけると思いますが、リーダーさん、婚約している女性、そして、わたしのような立場にいる女性にとっては、ああいう類《たぐい》の関心は、とても歓迎できるものではありませんから」

リーダーはまじまじと相手を見つめた。彼女の嘆きや悲しみに疑いの余地はない。人間の感情、そしてそれが人の顔に与える影響については、リーダー氏はマンテガッツア（イタリアの人類学者。『人相学と感情』という著作がある）に優《まさ》るとも劣らない権威だった。

「ご自分のお誕生日に。なんと悲しいことでしょう！　あなたは十月十七日に生まれた。もちろん、イギリスの方ですよね？」

「ええ、イギリス人です」娘の返事はそっけない。「ウォルワース――そして、ウォリントン。かつてはウォルワースに住んでいたんです」

「おいくつでいらっしゃるんですか？」

「二十三歳です」

リーダー氏は眼鏡を外し、大きなシルクのハンカチで拭いた。

「本当に悲しいことばかりですね。お話ができてよかった。あなたのご心痛は十分にお察しいたしますよ」

そして、いかにも納得がいかないという様子で、彼はその家を立ち去った。

娘は訪問者が出て行くとドアを閉め、小道の真ん中で立ち止まり、縁取りの花壇から何かを拾い上げる男の姿を見ていた。そして、眉をひそめ、どうしてあの中年男は、自分が昨夜、窓から放り投げた蹄鉄を拾い上げたりしているのだろうかと訝《いぶか》った。リーダー氏はコートのポケットに赤さびた鉄の塊を滑り込ませ、物思いに耽りながら植木屋の庭へと足を進めた。尋ねたいことがいくつかあったのだ。

リーダー氏がおずおずと職務室に足を踏み入れ、担当の警部に信任状を差し出したとき、第十エリアの警官たちは任務に着くための整列をしているところだった。

「ああ、リーダーさんですね」警部は愛想よく応じた。「公訴局長官の事務所から連絡を受けています。確か、数年前の大贋金（原文注記：イングランド銀行の偽造紙幣）事件で幸運にもご一緒したはずだと思います。今回はどんなご用向きで？……バーネット？　ええ、彼ならここにいますよ」

警部の呼び声に応えて、若く容姿のいい警官が列から進み出た。

「この男が殺人事件を発見しましてね――昇進の候補に上がっています」警部は説明した。「バーネット、こちらは公訴局長官の事務所からいらした方だ。きみと少し話がしたいそうだよ。わたしの部屋をお使いください、リーダーさん」

若い警官は挨拶をし、ぎこちない歩き方をする客のあとに従って、声が漏れない警部の部屋へと入った。自信に満ちた若者だった。すでに名前と写真が新聞に載り、昇進の噂も確実なものになりつつある。最高の到達点がもう目の前だった。

「聞くところによると、あなたは詩人なんですってね」リーダー氏は切り出した。

バーネットの頬が染まる。

「まあ、そうです。少しばかり書いています」若者は打ち明けるように言った。

「愛の詩ですか？」訪問者は優しく問いかけた。「夜なら――そ、そんな空想をする時間が取れますからね。それに、あ、愛ほどインスピレーションを掻き立てるものはありませんし」

バーネットの顔は真っ赤になった。

「確かに、夜、少しばかり書いていたことはあります。でも、仕事に支障をきたしたことはありません」

「それはそうでしょう」リーダー氏はもごもごと返した。「あなたには詩心がある。真夜中に花を摘むのも、詩的な心というわけでしょうね――」

「どれでも好きな花を摘んでいいと植木屋の職人が言ったんです」バーネットは慌てて口を挟んだ。

「何も悪いことはしていません」

リーダーはうんうんと頷いた。

「そうでしょうとも。あなたは暗闇の中で花を摘んだ――ちなみに、小菊の中にうっかりとシオンを一本交ぜてしまいましたけどね――その花にご自分の詩を添えて戸口の上がり階段に残した――その――蹄鉄と一緒に」

「ぼくはそれを彼女のもとに放り投げたんですよ――あの女性の家の窓台に」若者は恥ずかしそうに訂正した。「もっとも、あの家の前を通り過ぎるときまで、そんなことは全然考えていなかったんですけど――」

リーダー氏はそこで頭を突き出した。

「確かめたいのはその点なんですよ」口調はあくまでも柔らかい。「あの家の前を通り過ぎるときまで、花を贈ろうなどという考えは起こらなかったんですね？　蹄鉄のせいでそんな考えを思いついた？　それであなたは引き返して花を摘み、すでに出来上がっていた詩をくりつけて彼女の家の窓に放った――そのご婦人の名は挙げるまでもないでしょう」

バーネット巡査の顔はちょっとした見ものだった。

「どうしてそんなふうにお思いになるのか見当もつきません。でも、そのとおりです。もし、何か、間違ったことをしていたなら――」

「愛に間違った行いなどありませんよ」J・G・リーダー氏は真顔で答えた。「愛とは実に美しいものです——そう書かれているのをしばしば読んだことがあります」

今朝がた早くに訪ねて来た奇妙な男が、モザイク模様の通りを歩いて来る。その姿を目にしたとき、マグダ・グレイン嬢は外出のために身なりを整え、帽子をかぶろうとしていたところだった。男の後ろにいるのは、この事件を担当している捜査官。使用人は外出中だ。彼女以外、彼らを中に通せる者はいない。彼女は素早く鏡台の背後から張り出し窓のあいだに滑り込み、通りの左右を窺った。間違いない。通常こういう訪問に使われるタクシーが止まっている。運転手の横に立っているのは、確かに〝デカ〟だ。

彼女はベッドカバーをめくり上げると紙幣の平たい束を取り出し、ハンドバッグに押し込んだ。忍び足で階段の踊り場から家具のない奥の部屋へと移り、窓をあけてキッチンの屋根へと抜け出す。数分後には、庭から裏門を抜けていた。背中合わせに建つ屋敷のあいだを狭い通りが貫いている。リーダー氏がノックをし続けることにうんざりし始めたころには、彼女はハイストリートから車に乗り込んでいた。リーダー氏が記憶する限り、その後、二度と彼女の姿を見ることはなかった。

公訴局長官の要望に応えて、彼は夕食後、上役の家を訪ね、驚くべき事実を話して聞かせた。

「戦時中の特別な働きから、先輩たちを飛び越えて月並みならぬ昇進を果たしたグリーンは、確かに前科者でした。同じ時期に服役していた男から手紙を受け取ったという話は本当だったのです。彼を脅迫した男——今はもう亡き人物——の名前はアーサー・ジョージ・クレイター。別名、モーリングです！」

「まさか、あの夜警じゃないよな?」長官は驚いて訊き返した。

リーダー氏が頷く。

「ええ、あのアーサー・モーリングですよ。彼の娘、マグダ・クレイター嬢は、彼女の話どおり、一九〇〇年十月十七日にウォルワースで生まれています。その後、ウォリントンに移ったそうですが、生まれたのはウォルワースです。人が偽名を使う際、しばしば姓を変えるものですが、〝マグダ〟という名ではすぐに足がついてしまいますからね。

モーリングが用意周到に銀行強盗を企んだのは間違いありません。娘に偽名を使わせてイーリングに呼び寄せ、うまい具合にグリーン氏に引き会わせた。マグダの役目は、グリーンの信頼を勝ち得て、できる限りの情報を引き出すことでした。もしかしたら、合鍵を手に入れることも彼女の仕事の一部だったのかもしれません。支店長がかつての刑務所での知り合いだったことをモーリング自身が気づいたのか、娘から得た情報だったのかは、もう知る術《すべ》はありません。でも、十中八九、モーリングはその情報を得たときに、銀行強盗と、その疑いを支店長に押しつけるチャンスがあることに気づいたのでしょう。

娘の役どころは離婚協議中の女性というものでした。実を言うと、この点がずっと腑に落ちないでいたんです。自分の娘の名前と支店長が結びつけられることを、モーリングが決して望まないことに気づくまでは。

十七日の夜が略奪の決行日に選ばれました。支店長を追い払うというモーリングの計画は成功していました。彼は、グリーンの執務室にあった置き手紙を見つけて読み、鍵を手に入れた——もっとも、すでに複製を手に入れていたことは間違いないでしょうが。そして、金庫室から持ち運べるだけの現金を失敬する最良のタイミングがやって来ると、急いでファーリング・アベニューの家に運び込んだ。現金は、前庭の中央花壇のバラの木の下に埋められました――一目見たときから、何かがあのかわいそうな木の養分吸収を妨げていると思っていたんです。まったくだめになっていなければいいのですが。ほかの場所に植え変えて、十分な手入れをするよう、指示を出しておきました」

「わかった、わかった」園芸にはまったく興味のない長官は適当に相槌を打った。

「急いで木をもとに戻すときに、モーリングは手に引っかき傷を作ったんでしょう。バラには棘がありますからね――イーリングに行って、彼の手を傷つけたバラの木を見つけていました。急いで銀行に戻った彼は、決まった時間に現れることになっているバーネット巡査を待っていた。クロロホルム入りの缶はすでに用意済みで、手錠や革ひもの準備も整っている。それで、バーネット巡査の懐中電灯の光が見えるまで、通りの角に立っていたんです。光が見えるやいなや、彼はドアを少しあけた状態にして、銀行の中に駆け込んだ。自分で脚を縛り、手錠をかけ、横たわる。銀行前にたどり着いた警官があいているドアに気づき、被害が甚大になる前に自分を救い出してくれることを期待して。

一方、バーネット巡査は以前から、彼の娘とささやかなやり取りを楽しんでいた。できるだけ愛想をよくするようにと、娘は父親から指示を受けていたのだと思います。バーネットは詩心のある若者で、彼女の誕生日を知っていました。通りを歩いていて古い蹄鉄に足をぶつけたとき、ある考えがひらめいたのです。来た道を戻り、その蹄鉄に、植木屋から摘んでもいいと許可をもらった花を添えよう。そして、その小さなブーケを愛しい女性の足元に捧げよう。詩的な思いつきですね。ロンドン警視庁のよき伝統にふさわしい思いつきとでも言いましょうか。それで彼はそうしたのですが、少しばかり時間がかかってしまった。若者が恋にうつつを抜かしているあいだに――アーサー・クレイターは死んでしまったというわけです！

横たわってすぐに、彼は意識を失ったはずです……クロロホルムは滴り続けている。警官がやっと銀行に到着したときには、予定の時間を十分過ぎていた。それで、その男は死んでしまった！」

公訴局長官はクッションの効いた椅子に深々と身を預け、眉を寄せて新しい部下を見つめた。

「いったいどうやって、そんな事実を繋ぎ合わせていったんだね？」驚いて、そう尋ねる。

リーダー氏は悲しげに頭を振った。

「ひねくれた見方のせいですよ」それが答えだった。「非常に不幸なことですが、それが真実です。すべてのものの中に悪を見てしまう……枯れかけたバラの木にも、蹄鉄にも——詩の中にさえ。わたしは犯罪者の心を持っているんです。嘆かわしいことに！」

2　宝さがし

どれほど慎ましく暮らしている刑事でも実は財物に恵まれ、その秘密の財産は、盗み、賄賂《わいろ》、脅迫によって守られている——そんな言い伝えが犯罪社会には存在している。役職の高い刑事たちはみな、不法な手段によって自らの仕事を趣味にしてしまうような、公的な収入を自分の年収のほんの一部にしてしまうような、巨額の世俗的富を獲得している。そんな噂が、田畑や石切り場や仕立屋、五十の地方刑務所と三つの受刑者施設の洗濯場やパン焼き場で、まことしやかに囁かれていた。

暗黒街の貴族的存在であり大資本家である銀行強盗や贋金造りたちと二十年以上も関わっているJ・G・リーダー氏は従って、田舎に別荘を構え、莫大な秘密財産を所有していると、世の人々は信じていた。銀行に巨額の金を預けているからではない。自分が発見したお宝を上席者たちにひけらかすほど愚かではないと、みなが認めていた。しかし、それは必ずどこかに隠されているはずだ。いつの日にか秘密のお宝を発見し、そのあとは幸福に暮らす——それが、多くの不法者たちが抱くお気に入りの夢だった。彼の裕福さについて納得できる点が一つあるとすれば（みなも賛成してくれることと思うが）、五十を過ぎた老人である彼が、あの世まで金を持って行くことはできないということだ。金塊といえどもある温度になれば溶けてしまうし、政府発行の公債証書が不燃紙に印刷されることもないのだから。

公訴局長官はある土曜日、自分のクラブで王座裁判所の判事の一人と昼食を取っていた――一週間のうちで、裁判官がまともな食事にありつけるのが二日。そのうちの一日が土曜日だった。会話は、長官が抱える探偵たちのチーフであるJ・G・リーダー氏なる人物のことに流れていた。

「有能な男ではあるんだ」長官は渋々認めた。「ただ、あの帽子が何ともでねえ。例の人物がかぶっているような帽子なんだよ」彼は、ある著名な政治家の名前を挙げた。「それに、あの黒いフロックコートがどうにもいただけない。事務所に入って来る彼を見たらみな、検死官員なのかと思ってしまう。有能ではあるんだが。わさわさとした頰髭が実に不快でね。でも、きつい言い方をすれば泣き出してしまいそうな感じだし――繊細な神経を持った男なんだよ。我々のような仕事をするにはデリケート過ぎるほどだ。使い走りをベルで呼びつけるたびに、ぺこぺこ頭を下げているんだから！」

人の性質については何がしかの知識を有する判事は、冷ややかな笑みを浮かべて答えた。

「わたしにはむしろ、殺人者になる可能性を秘めているように聞こえるんだがねえ」と、皮肉っぽい言い方をした。

この無茶な感想に関しては、判事がJ・G・リーダー氏のことを正当に判断しているとは言えなかった。リーダー氏に法を犯すことなどできないのだから――まったくもって不可能だ。同時に、J・Gの個人としての無害さについて、完全に誤った考えを持っている人間も大勢いた。そのうちの一人がルー・コールという人物で、紙幣の偽造犯と初歩的な押し込み強盗を合わせたような人間だった。

死にそうな人間ほど長生きする。陳腐な諺《ことわざ》だが、陳腐な事柄の大方のように、これもまた真実だった。裁判の合い間、証人台から下りようとしたJ・G・リーダー氏は、被告席に立つ男の不穏な目を見たことがある。漠然とした好奇心から、近い将来、あるいは遠い将来の出来事について、忌まわしい予言を聞かされたこともあった。紙幣偽造に関して、彼はそれなりの権威だったし、数知れぬ人間を刑務所での苦役に送り込んできたのだから。

悪意のないリーダー氏は、被告人たちが怒りで口から泡を飛ばすのを見てきた。顔色を失い、呪いの言葉を撒き散らすのを聞いてきた。そして、刑期を終えて解放された彼らが、偶然出会ったときには心も素直で、当時の激情や禍々しい脅迫をほとんど忘れていることを半ば恥じ、半ば驚いている姿を見てきたものだ。

ところが、一九一四年初旬、十年の刑を宣告されたルー・コールが、呪いの言葉を叫ぶことはなかった。リーダー氏の心臓や肺、か弱い身体の重要な器官を引き裂くような誓いの言葉を並べたてることもまた。

ルーはただ微笑《ほほえ》んでいた。その目が一瞬、探偵の目を捕える——贋金造りの目は淡いブルーで、思慮深そうな光を湛《たた》えていた。憎しみも怒りも浮かんでいない。ただ、代わりに訴えていた。

〝機会があれば、すぐさまお前を殺してやる〟

そんなメッセージを読み取ったリーダー氏は深い溜息をついた。どんなものであれ、そうした不平は大嫌いだった。公の義務を果たすことに対して、個人的な責任を取らされることの不公平さにも憤慨していた。

何年もの月日が経ち、リーダー氏の人生も大きな変化に見舞われていた。偽造紙幣を見つけ出す専門職から、公訴局長官事務所での、もっと一般的な仕事に移っていたのだ。しかし、ルーの微笑みを忘れることは決してなかった。

ホワイトホール（ロンドンの官庁街）での仕事はさほどきつくなく、非常に面白いものだった。リーダー氏のもとには、長官が受け取る大量の手紙の中から最も厄介なものが回ってくる。大抵はさほど複雑な問題ではなく、その原因を探るのに特別な知識も必要としない。妬み、悪意、単なるいたずら。ときおり、数多くの中に、手紙に書かれている内容で金銭的な利益を得ようとする薄汚い欲望を窺わせる案件が交じっている程度だ。ほんの、ときおり。

『ジェイムズ卿は自分の従妹と結婚するつもりでいます。気の毒な奥様が、カレーへと渡る海峡汽船から海に転落して三カ月も経たないというのに。この事件には非常に胡散臭い部分があります。目的は自分の財産だとわかっているので、マーガレット嬢は彼を嫌っています。あの夜、わたしがロンドンに追い払われたのはどういうわけなのでしょう？　彼自身、暗い道を運転するのは好まないというのに。あれほどひどい雨が降っていた夜に、彼が自分で運転をしようと思ったのはおかしな話です』

この奇妙な手紙には〝友人より〟という署名があった。正義は実に多くの友人を持っている。

〝ジェイムズ卿〟とはジェイムズ・タイザーマイト卿のことだ。戦時中、新しい一般部局の管理者を務めていた人物で、その業績を買われて准男爵の位を授かっていた。

「その件を調べてみてくれ」手紙を読んでいるリーダー氏に長官は言った。「タイザーマイト夫人が海で溺死したという話は聞いたことがあるような気がするんだが」

「去年の十二月十九日のことですよ」リーダー氏は厳かに答えた。「彼女とジェイムズ卿は、パリ経由でモンテカルロに向かう予定だったんです。メイドストン（イングランド南部の都市）近くに家があるジェイムズ卿はドーヴァーまで車を運転し、ロード・ウィルソン・ホテルの駐車場に車を預けました。嵐の夜で、海峡を横断する船も大いに揺れた――ジェイムズ卿がパーサーに妻の姿が見当たらないと訴えたのは、海峡を半分ほども渡ったころでした。彼女の荷物もパスポートも汽車の切符も船室にあるのに、当の本人だけが見当たらない。実際、その後二度と、夫人が姿を現すことはありませんでした」

長官は頷いている。

「つまり、きみはこの事件を調べていたんだね？」

「覚えているだけです」リーダー氏は答えた。「わたしの大好きな推理が活かせる事件ですから。不幸なことに、わたしはあらゆるものの中に悪意を見出してしまいます。何て簡単なことだろうと、しばしば思ったものです――しかしそれで、ひねくれた人生観を持ってしまうことには用心しています。犯罪者の心を持つというのは、ひどく大きなハンディキャップなのですよ」

長官は疑わしげな目で相手を見つめた。リーダー氏が真面目なのかどうか、彼にはいつもわからないのだ。今の時点では、彼の真面目さに文句のつけようはない。

「この手紙を書いたのはもちろん、解雇されたお抱え運転手でしょう。トーマス・デイフォード。メイドストン、バーラック・ストリート一七九番地」リーダー氏はきっぱりと言い切った。「現在はケント・モーターバス会社に雇われています。三人の子持ちで、そのうちの二人は双子です。やんちゃでかわいいいたずらっ子ですよ」

長官は力なく笑った。

「きっとそのとおりなんだろうね！　手紙の背後にあるものを考えてみてくれ。ジェイムズ卿はケント州では大物だ。治安判事で、強力な政治的影響力を持っている。もちろん、こんな手紙などものともしないだろう。用心してくれよ、リーダー――もし、この事務所に苦情でも突きつけられたら、きみにも厄介が降りかかることになるんだから――とんでもないことになるぞ！」

用心しながら辺りを歩き回ってみようと思ったのは、リーダー氏の個人的な考えだった。翌朝、メイドストンまで赴き、エルフレーダ・マナーの門番小屋の前を通過するバスを見つけた。例の雨傘を両膝に挟んだ、快適で経済的な小旅行だった。門番小屋の門を抜け、ポプラに挟まれた長く曲がりくねった道を進んで行く。やがて、灰色のマナー・ハウスが見えてきた。

芝生に置かれた深い椅子に、若い娘が膝に本を載せて座っていた。彼の姿に気づいたのだろう。立ち上がり、待ち焦がれていたかのように芝生を横切り近づいて来る。

「わたしはマーガレット・レザビーです――あなたは――？」娘は有名な弁護士事務所の名を挙げた。

リーダー氏が残念そうに、その法律界の大物との関係を否定すると、彼女はがっくりとうな垂れた。

健康的な顔色に、丸く知的過ぎない顔立ちが相まって、とてもかわいらしく見える。

「たぶん――ジェイムズ卿に会いにいらしたんですよね？　書斎にいらっしゃいますわ。呼び鈴を鳴らせば、メイドが案内してくれると思います」

リーダー氏は、どんなことにも思い悩んでしまうタイプの人間だった。従って、財産持ちの娘が、自分の意思に逆らって遥かに年上の男と結婚しようとする動機についても、あれこれ考えて当然だった。しかし、今となっては何の疑問もなかった。マーガレット嬢なら、しつこく言い寄る押しの強い男であれば、誰とでも結婚してしまうだろう。

「わたしとでも」リーダー氏は、物悲しさと嬉しさが入り混じったような気持ちで独りごちた。

呼び鈴を鳴らす必要はなかった。玄関口に、ゴルフウェア姿の長身で恰幅のいい男が立っていた。長めの金髪が額を厚く覆っている。豊かな黄褐色の口髭が口元を隠し、雄々しく顎へと流れ落ちていた。

「何だね？」男は脅しつけるような口調で尋ねた。

「公訴局長官事務所から参りました」リーダー氏はもごもごと答えた。「厄介な手紙を受け取ったものですから」

男の水色の目は、ぴたりとリーダー氏の顔に据えられたままだ。

「入りたまえ」ジェイムズ卿は無愛想に答えた。

ドアを閉めながら素早く娘のほうを見やり、ポプラ並木へと視線を移す。

「ばかな弁護士が来るのを待っていたんだ」書斎と思われる部屋のドアをあけながら、男は言った。

男の声に揺るぎはない。リーダーが訪問の理由を告げたときにも、まつ毛一本動かすことはなかった。内心の動揺がわずかにでも外に漏れることもない。

「それで――その厄介な手紙というのは何についてなんだね？　きみだって、そんな紙切れをさほど気に留めているわけではないだろう？」

リーダー氏は、傘と帽子を椅子の上に置き、ポケットから取り出した手紙を准男爵に手渡した。男は眉を寄せながら、その手紙を読んでいる。それは、リーダー氏による鮮明な想像の産物だったのだろうか？　それとも本当に、手紙を読んでいくうちにジェイムズ卿の険しい目の光が和らいでいったのか？

「妻の宝石がパリで売りに出されているのを見た人間の作り話だな」准男爵は言った。「こんなものには何の意味もない。自分の妻の装飾品についてなら、一つ残らず説明できる。あの恐ろしい夜のあと、宝石箱は持ち帰っているんだ。字に見覚えはないな。こんなものを書いた大嘘つきの悪党は、いったいどこのどいつなんだ?」

リーダー氏はこれまで、大嘘つきの悪党などと呼ばれたことは一度もなかった。しかしここは、見事なまでの忍耐力でその言葉を受け止めた。

「わたしも真実ではないと思っています」頭を振りながら、そう答える。「事件の詳細については隅々まで調べましたから。あなたはここを昼過ぎに発って――」

「夜になってからだよ」相手は無愛想に訂正した。この件についてはあまり話したくないようだが、リーダー氏のすがりつくような眼差しには抵抗し切れなかったのだろう。「ドーヴァーまではほんの八十分のドライブだ。埠頭に着いたのが十一時ごろで、ちょうど船への連絡列車が着くのと同じ時間帯だった。我々はすぐに乗り込んだ。わたしがパーサーから船室の鍵を受け取って、妻と彼女の荷物を中に運び入れたんだ」

「奥さまは船酔いには強いのですか?」

「ああ、まず酔うことはないね。あの夜もしごく元気だった。うたたねを始めた妻を船室に残して、デッキの散歩に出かけたんだが――」

「ひどい雨降りで海も荒れ狂っている中を――」相手の言葉に同意を示すかのように、リーダーは頷《うなず》いた。

「ああ――わたしも船酔いには無縁だからね――いずれにしろ、哀れな妻の宝石についての話など、ナンセンス極まりない。きみのところの長官に、よろしく伝えてくれたまえ」

准男爵は客のためにドアをあけた。リーダー氏はぐずぐずと手紙をポケットに戻したり、自分の持ち物を集めたりしていた。

「ここはすばらしい場所ですね、ジェイムズ卿――美しい土地だ。かなり広いのですか？」

「三千エーカーほどだ」このときばかりは、相手も苛立ちを隠そうとはしなかった。「ごきげんよう」

リーダー氏は、驚くべき記憶力を作動させながら、ゆっくりと私道を下って行った。

簡単に捕まえられるバスをわざとやり過ごし、准男爵の土地の境界線と並行して走るうねうねとした道を、特に目的もなさそうにたどる。四分の一マイルほども進んだ辺りだろうか。メインロードから直角に分れる小道に行きあった。恐らく、南側の境界線だろう。その角の、不気味な鉄門の内側に、古びた石造りの小屋が建っていた。見捨てられ、荒れ放題になった小屋は、見るも悲惨な状況だった。瓦は屋根から剝がれ落ち、窓は汚れているか割れている。小さな庭には雑草とアザミが我が物顔にはびこっていた。門の奥には、雑草に覆われた狭い私道が、はるか先の農園までうねりながら続いていた。

郵便受けの蓋が音を立てて閉まった。振り向いてみると、郵便配達夫が自転車にまたがろうとしているところだった。

「ここはどういう場所なんですか？」走り出そうとする配達夫を引き止めて、リーダー氏は尋ねた。

「サウス・ロッジですよ――ジェイムズ・タイザーマイト卿の土地の。今はもう使われていないんですけどね。ここ数年は放置されているんじゃないかな――どうしてかは知りませんが。屋敷の住人がここまで来るときには、この道が近道になるんです」

リーダー氏は、村までの道を配達夫と一緒に歩いた。どんなに枯渇していようとも、彼は枯れ井戸から水を引き上げる名手だ。そして、その郵便配達夫は、決して枯れ井戸に例えられるような人物ではなかった。

「ええ、かわいそうに！　奥さんは本当にか弱い人だったんです——病気のない人間が何とか持ちこたえる類《たぐい》のひ弱さとでも言うか」

リーダー氏は取りとめのない質問で、思いもかけない利益を得た。

「ええ、奥さんは船酔いのひどい人でしたよ。外国に行くたびに、旅行者が酔い止め用に持って行くような薬の瓶を取り寄せていましたから。その薬を持っている薬剤師のレークスのところに、何度も空瓶を運んだものです。〝ピッカーズ・トラベラーズ・フレンド〟とか、そんな名前の薬でした。五本以上も売れ残っていて、どうしたらいいかわからないって、レークスさんがこのあいだ言っていましたよ。クリンベリーの人間は誰も海になんか行きませんからね」

村に着いたリーダー氏は、彼にはこの上なく似つかわしくない場所で、貴重な時間を無為に過ごした。薬剤師の店、鍛冶屋の作業場、地味な建物の中庭。メイドストンへの最終バスを捕まえ、大いについていたことに、最終列車でロンドンに戻って来た。

そして翌日、彼独特の曖昧な説明で、長官の質問に答えたのだった。

「ええ、ジェイムズ卿に会ってきました。非常に興味深い人物ですね」

それが金曜日のことだ。土曜日は終日、忙しさのうちに過ぎていった。そして安息日、新たな関心事が彼のもとに持ち込まれた。

この晴れやかな日曜日の朝、リーダー氏は、花柄のナイトガウンに黒いベルベットのスリッパをつっかけて、ブロックリー・ロードの自宅の窓際から、人気《ひとけ》のない通りを見渡していた。近所にある教会の鐘が、いささか高すぎる音で早朝ミサを呼びかけている。向かいの家の玄関階段の最上段では、陽だまりの中、黒猫が一匹眠りこけていた。それ以外に生き物の姿はない。時間《とき》は七時半。リーダー氏は六時から、蛍光灯の明かりを頼りに、自分の机で仕事をしていた。十月も終わりに近づいていた。張り出し窓の半月部分から、彼はじっとルイシャム・ハイ・ロードの辺りを見つめていた。それから、その手前で鉄橋を越え、まっすぐデットフォードへと下ってくるタナーズ・ヒルの隅々まで。テーブルに戻り、安煙草の箱をあけ、一本に火をつける。そして、いかにもぎこちない仕草で煙を吐き出した。ひどく嫌っているのに、そうするのが当たり前というふうに煙草を吸う女の姿にかなり近い。

「やれやれ」リーダー氏は弱々しく呟《つぶや》いた。

窓の内側にいた彼は、ある人物がルイシャム・ハイ・ロードから出て来るのを見ていたのだ。その男は通りを渡り、まっすぐ水仙屋敷《ダフォルディ・ハウス》――リーダー氏の家のドアポストに掲げられた陽気な名称だ――に向かって来た。長身で背筋がぴんと伸びた、浅黒く陰気な顔をした男。その男は正面の門を通り抜け、観察者の視界から姿を消した。

「やれやれ！」呼び鈴が鳴るのを聞いて、リーダー氏は再び呟いた。

数分もしないうちに、使用人が部屋のドアを叩く。

「コールさんとお会いになりますか？」家政婦は尋ねた。

リーダー氏は頷いた。

部屋に入って来たルー・コールは、けばけばしいナイトガウンを着た中年男が机の前に座っているのを見た。鼻眼鏡が鼻の上でひん曲がっている。

「おはよう、コール」

ルー・コールは、自分を七年半の地獄に追いやった男を見やり、薄い唇をねじ曲げた。

「おはよう、リーダーさん」軽く握った拳が置かれているだけで、ほかにはほとんど何も載っていない書き物机の上に目を走らせる。「おれに会うことになるなんて、予想外だったんじゃないのか？」

「ええ、これほど早くには」リーダーは静かな声で答えた。「ただ、早起きが刑務所で教え込まれるよい習慣の一つであることを覚えておくべきでしたね」

まるで、よい行いを褒めるような口調だ。

「あんたには、おれがやって来た理由がわかっているよな？　おれはものを忘れない質《たち》でね。それに、ダートムーアにいる人間には考える時間がたっぷりあるんだ」

年配の男は砂色の眉を上げた。鼻に載せた金縁の眼鏡がさらに傾《かし》ぐ。

「聞いたことがある台詞《せりふ》ですね」下がった眉が今度はしわを寄せた。「ちょっと考えさせてください――もちろん、メロドラマだったはずです。『仕事中の人々』でしたか、それとも『結婚の誓い』でしたでしょうか？」

真剣にこの問題を解決するためのヒントを求めているようだ。

「これはドラマなんかとは別の問題なんだよ」絞り出すような声で答えたルーは浮かぬ顔だ。「おれはあんたに復讐するつもりでいるんだ、リーダー――ボスの公訴局長官に相談でもすればいいさ。でも、きっと、お返しはたんまりとしてやるからな！　おれを縛り首にするような証拠は残らないはずだ。あんたのちっちゃくてかわいい靴下をいただくことにするよ、リーダー！」

リーダーの財宝に関する伝説は、コールほどの知的な人間にさえ信じられていたのだ。

「わたしの靴下を奪うですって！　おやおや、それでは裸足でいなくてはならない」リーダー氏は冗談めかして答えた。

「おれの言っている意味はわかるだろう――よく考えてみろよ。いついかなる日におれが外出したとしても、ロンドン警視庁はおれを殺人の罪で捕まえることはできないんだ！　おれは考えに考えて――」

「ダートムーアでは考える時間が十分にありますからね」J・G・リーダー氏は同調するように呟いた。「あなたは世界でも有数の考える人になったわけだ、コール。ロダンの傑作を知っているかね――ぞくぞくするほど美しい彫刻だが――」

「もういい」ルー・コールは立ち上がった。口の端はまだ、不敵にねじ曲がっている。「このことをよおく考えてみることだな。そうすれば、一日二日もしないうちに、そうそう上機嫌でもいられなくなるさ」

リーダーの顔は悲しげだった。白髪交じりの砂色の髪は、乱れたまま直立しているようだし、顔から直角に飛びだした大きな耳も、ぴくぴくと震えているように見えた。

ルー・コールがドアノブに手をかけた。

「うわっ！」

重いものが板にぶつかったような鈍い音だった。頬の脇を掠め飛んで行ったものがある。目の前の壁に深い穴があき、飛んで来た漆喰のかけらが顔を刺した。怒りに駆られて、コールはくるりと振り返った。

リーダー氏が銃身の長いブローニング・ピストルを手に立っていた。銃身と同じ形の消音器が銃口を覆っている。彼はその武器を、あんぐりと口をあけて見つめていた。

「いったい何が起こったんでしょう？」不思議そうに尋ねる。

ルー・コールは怒りと恐怖で震えながら立っていた。顔が色を失い、黄色くなっている。

「こ、この野郎！」そう言って、やっと息をついた。「あんたはおれを撃とうとしたんだぞ！」

リーダー氏は眼鏡越しに相手を見つめた。

「おやおや――あなたはそんなふうに考えているんですか？　まだ、わたしを殺すつもりでいるんですね？」

コールは話そうとしたものの、言葉が見つからなかったようだ。乱暴にドアをあけて階段を駆け降り、正面玄関から外に出て行った。ドア前の階段の一段目に足をかけたそのとき、何かが脇を掠め、足元で砕け散った。リーダー氏の寝室の窓台を飾っていた大きな石の花瓶だった。石と造花の残骸を飛び越え、コールはJ・G・リーダー氏の驚いた顔を睨み上げた。

「落とし前はつけてやるからな！」呟き込みながらそう叫ぶ。

「お怪我はしていませんか？」窓辺に立つ男は心配そうだ。「こうしたことは起こるものなのですよ。いついかなるときでも――」

ルー・コールが通りを遠ざかって行くあいだも、探偵はまだ一人でしゃべり続けていた。

友人であり、かつての刑務所仲間でもある男が、フィッツロイ・スクエアを見下ろす小さな部屋に駆け込んで来たとき、スタン・ブライド氏は朝の洗顔をしているところだった。

清廉潔白からはほど遠く、恰幅のいいずんぐりとした体格に、二重顎の大きな赤ら顔をしたスタン・ブライドは、顔を拭く手を止め、タオルの端から相手を見つめた。

「どうしたんだ？」鋭い口調で尋ねる。「デカにでも追いかけられていたみたいだぞ。こんなに朝早くから、どこで何をしていたんだ？」

ルーは事の顚末を説明した。ルームメイトの上機嫌な顔が、あんぐりと口をあけた呆れ顔に変わっていく。

「ばかじゃないのか！」男は怒鳴りつけた。「そんなことを考えてリーダーを襲撃したっていうのか！　やつがおまえを待ち構えていたとは思わないのか？　おまえがムーアを出る日時を、やつが知らなかったとでも思っているのか？」

「いずれにしても、びびらせてはやったさ」相手の言葉にブライド氏は噴き出した。

「脳天気なやつだな！」そう言って鼻を鳴らす。「あの〝老いぼれ男〟をびびらせてやっただって！」（彼は単に〝男〟とは呼ばなかった。）「あいつの身がおまえほど潔白だっていうなら、びびりもしただろうさ！　でも、やつは違う。あいつはおまえを撃っていたはずだよ――もし、本当にそうするつもりだったら。今ごろ、おまえはかちんかちんの死体になっていたはずだ。でも、やつはそうしなかった。頭を使え――やつはおまえに、もう少し考えてみろと言っているんだ」

「あの銃はいったいどこから出てきたんだろう？　おれにはまったく――」

ドアをノックする音に、二人は視線を交わした。

「だれだ？」ブライドが問うと、聞き覚えのある声が返ってきた。

「ロンドン警視庁のデカだ」そう囁きながら、ブライドはドアをあけた。

〝デカ〟とはＣＩＤ（ロンドン警視庁犯罪捜査課）のオールフォード巡査部長のことだった。愛想のいい肥満気味の男で、将来有望な捜査官だ。

「おはよう、諸君――教会には行かなかったんだな、スタン？」

スタンは愛想笑いを返した。

「商売はどうだい、ルー？」

「まあまあっていうところですね」贋金造りは猜疑心も露わに、用心深く答えた。

「銃のことで来たんだ――きみが持ち歩いているんじゃないかと思ってね、ルー――コルトのオートマティック、R.7/94318。合法ではないよ、ルー――この国に銃は存在すべきではないんだ」

「銃なんて持っていませんよ」ルーはむっつりと答えた。

ブライドは突然、先輩の立場に立たされていた。彼自身も仮釈放中の身で、そんなものが発見されれば、刑務所に送り返されることになるかもしれない。

「署までちょっと来てもらえるかな？　それとも、ここで調べさせてもらってもいいが」

「調べてください」そう言ってルーは、刑事が自分の身体を上から下までチェックするあいだ、じっと腕を前に突き出していた。

「部屋の中も調べさせてもらうよ」刑事はそう言ったが、彼の〝調べる〟はかなり徹底したものだった。

「間違いだったようだな」と、オールフォード巡査部長。しかし突然、「エンバンクメントを歩いているときに川に投げ捨てたのは何だったんだ？」と尋ねた。

ルーは息を呑んだ。それは、その朝、自分が〝つけられていた〟ことを示す最初のほのめかしだった。

ブライドは、刑事がフィッツロイ・スクエアを横切って行くのを窓から見届けると、怒りも露わに仲間を振り仰いだ。

「何をやっているんだ！　あのイヌはおまえが銃を持っているのを知っていたんだぞ――しかも、ナンバーまで。オールフォードが銃を見つけていたら、おまえもこのおれも、ブタ箱に逆戻りだ！」

「それなら川に捨てたよ」ルーはむっつりと答えた。

「頭を使えよ——少しくらいは！」息も荒くブライドが怒鳴る。「リーダーを出し抜くことなんかできないんだよ——あいつは疫病神だ。これだけ言ってわからないなら、おまえの耳は聞こえないんだろう！　やつをびびらせただって？　ばかじゃないのか！　あいつなら、おまえの喉をかっ裂いて、讃美歌でも作るだろうさ」

「つけられていたなんて知らなかった」コールは唸った。「でも、落とし前はつけてやるからな！あいつの金もいただきだ」

「やるなら別の場所でやってくれ」ブライドは冷たく言い放った。「詐欺師なら構わない。せいぜい働いてくれ。殺人でもいいだろう。でも、間抜けと話すのはうんざりだ。やれるものなら、やつのお宝を奪い取ってみろよ——大方が不動産につぎ込まれているんだ。家を持ち運ぶことなんてできないんだよ——でも、この話はもう終わりだ。おまえのことは好きだよ、ルー、ある程度まではな。一定の境界線より内側にいるなら、おまえはいいやつだからな。でも、リーダーは嫌いだ——蛇のように狡賢いやつらは大嫌いなんだ。だから、動物園みたいに騒がしいところには近づかないことにするよ」

　それでルー・コールは、ディーン・ストリートのあるイタリア人の家の最上階にねぐらを移した。そこで彼はのらくらと、自分の不平の元について考えを巡らせ、宿敵を破滅させるための新たな計画を練ることに耽った。どのみち、新たな計画が必要だったのだ。デボンシャーの独房の静けさの中では水も漏らさぬ計略に思えたものが、割れ目から幾筋もの光が漏れ入っているような有り様だったのだから。

殺人に対するルーの衝動は明らかに改善されていた。非常に優秀な心理学者による実験を受けていたのだ――もっとも、彼がリーダー氏に対してそんな思いを抱いたことはなかったし、そもそも、その言葉が意味するようなことを、ほんのわずかでも考えたこともなかった。しかし、リーダーを傷つけるためなら、ほかの方法がある。彼の思いは常に、この不道徳な探偵の秘宝を見つけ出すという夢に戻って行った。

リーダー氏が長官の書斎へと足を運んだのは、一週間近くも経ってからのことだった。ジェイムズ・タイザーマイト卿とその亡妻についての信じがたい推理に、長官は魅せられたように耳を傾けていた。リーダー氏が話し終えると、長官は机から椅子を後ろに押しやった。

「残念だが――」長官の声にはかすかな苛立ちが交じっている。「そんな推量をもとに逮捕状など出せないよ。あまりにも根拠がなさ過ぎるし、信じがたい話だ。公訴局長官の報告書というよりは、煽情的な雑誌記事のほうがよほどお似合いじゃないか」

「嵐の夜だったのですよ。それなのに、タイザーマイト夫人の具合は悪くなりませんでした」探偵は穏やかに説明した。「そこが重要な点なのです」

長官は頭を振る。

「いいや、だめだ――証拠もないのにそんなことはできない。ホワイトホールまで吹き飛ばされかねない嵐を巻き起こしてしまう。何かできないのかね、そのう――非公式に？」

リーダー氏も頭を振った。

「わたしの姿は近所で目撃されていますからねえ」顔をしかめて、そう答える。「わたしの足跡《そくせき》を、そのう――隠すのは無理だと思います。それでも、わたしはその場にいたんですよ。もうちょっとであなたにも――」

再び、長官が頭を振る。

「いいや、リーダー」声を落として彼は言った。「すべてはきみの推測に過ぎない。ああ、もちろん、きみが犯罪者の心を持っているのはわかっているよ――確か、前に話してくれたと思うが。そしてそれが、逮捕状を出さない正当な理由でもある。きみは単に、その類まれな能力で、この不幸な男がそういう人物だと思い込んでいるだけなんだ。何もできないよ!」

リーダー氏は溜息をついて自分の事務所に戻った。しかし、完全に気落ちしていたわけではない。調査に新たな局面が入り込んでいたのだから。

リーダー氏はその週、数回、メイドストンを訪ねていた。表面的には、ぴったりと影が張りついていることに気づかないふうを装っていたが、決して彼は一人ではなかった。何度か、ルー・コールの姿を見かけていたのだ。そして、自分の試みが失敗に終わったのだろうかと、落ち着かない気分を味わっていた。

そのアイディアが探偵の心に浮かんだのは、二度目のときだった。ある日の夕方、メイドストンの駅を抜けてタクシーをつかまえようとしていた際に、ルー・コールが別の車の運転手と交渉しているのを見かけたとき。もし彼がよく笑う男なら、声を上げて笑っていたことだろう。

以前の同居人が駆け込んで来たとき、ブライド氏は、ダイヤのエースが一番下になるようにカードを切るという、必要不可欠だが単調な練習に励んでいた。ルーの冷めた目に輝く勝利の光には、ブライド氏をげんなりさせるものがあった。

っていた。

「殺しなんかじゃないよ」

ルーはテーブルの真正面に腰を下ろした。両手をポケットに入れている。顔には本物の笑みが広がっていた。

「何をやったって？」冷たく尋ねる。「もしそれが殺しなら、答えなくていい。すぐに出て行け！」

ブライドはカードを脇に置き、立ち上がった。

「やったぞ！」ルーが叫んだ。

「この一週間、リーダーを尾行していたんだ。つけ回される必要がある男なんだよ！」

「それで？」相手が芝居がかった間を置いたので、ブライドは促した。

「やつの靴下を見つけたのさ！」

ブライドは顎を掻いていたが、ある程度納得したようだ。

「おまえは靴下も持っていなかったのか？」

「やつは最近、何度もメイドストンに行っていたんだ。五マイル先の小さな村まで。そこで、いつも見失う。でも、ある夜、やつが最終列車をつかまえるのに駅に戻って来たときのことさ。やつは待合室に入って行った。おれは、やつを見張れる場所を確保した。それで、やつがどうしたと思う？」

ブライド氏はでまかせさえ口にしなかった。

「やつは鞄を開いた」ルーはドラマチックに説明を始めた。「そして、こんなにぶ厚い札束を取り出したんだ！　銀行で下ろしてきたんだよ！　おれはロンドンまでやつのあとをつけた。駅にレストランがあるんだが、やつはそこに入ってコーヒーを飲んだ。おれからよく見える位置でね。レストランから出て来たときに、ハンカチを取り出して口を拭いた。小さな本が落ちたことにやつは気づかなかったが、おれは見落とさなかった。誰かが先に見つけるんじゃないか、そうこうしているうちに、やつが自分で気づくんじゃないかと、気が気じゃなかったよ。でも、やつはそのまま駅を出て行き、おれはすみやかにその本を拾い上げた。こいつさ！」

色褪せた赤いモロッコ革表装の、小さな擦り切れたノートブックだった。ブライドが手を伸ばし、受け取ろうとする。

「ちょっと待った」とルー。「この一件での取り分はヒフティー・ヒフティーだ。ちょっとばかり手助けが必要だからな」

ブライドがたじろぐ。

「単なる盗みなら協力するよ」

「単なる盗みさ――しかも、結構旨みのある」鼻高々のルーは、テーブルの上でノートを押し出した。

その夜の大部分、二人は、J・G・リーダー氏の偏りのない、整然とした金銭管理と、並々ならぬ不正について、ぼそぼそと話し合って過ごした。

月曜の夜は雨降りだった。ルーとその相棒が村までの五マイルを進むあいだ、南西からの嵐が吹きつのり、周囲には落ち葉が舞い狂っていた。二人とも、目に見える荷物は運んでいない。しかし、ルーの防水コートの下には、工夫満載の道具一式が潜んでいたし、ブライド氏のコートのポケットは、強力なかなてこの解体部品でずっしりと沈んでいた。

途中、二人は誰にも会わなかった。ルーがサウス・ロッジの門の閂《かんぬき》に手をかけ、身体を押し上げて軽々と反対側の地面に飛び降りた。教会の鐘が十一時を告げる。ブライド氏があとに続いた。巨体にもかかわらず、非常に身の軽い男だった。見捨てられた小屋が闇の中にぼんやりと浮かんでいた。

キイキイと音を立てる門を抜けてドアに向かう。ルーは鍵穴に手提げランプの光を当て、道具箱から取り出した器具で巧妙な手仕事を始めた。

十分もしないうちにドアがあき、二人はするりと天井の低い内部へと滑り込んだ。狭い室内でことさら目を引くのは、鉄格子のない奥深い暖炉だ。ルーはレインコートを脱ぎ、ランプの灯を大きくする前に、そのコートで窓を覆った。そして膝をつくと、炉床の瓦礫を掻き出し、大きな石の繋ぎ目を丹念に調べ始めた。

「ぞんざいな仕事だな」と呟く。「誰が見ても一目瞭然だ」

かなてこの爪を石の隙間に差し込み、押し上げる。石がわずかに動いた。のみとハンマーで隙間をさらに広げ、かなてこの爪をより深くに押し込んでいく。石が、隣の石の端に上がり、ブライドがすかさずのみを滑り込ませた。

「せいのーで」ルーが唸る。

二人は石の下に指を差し入れ、一息でそれを持ち上げた。ルーがランプを手に屈み込み、暗い空洞の奥を照らし出す。そして――。

「うわあっ！」彼は叫び声を上げた。

次の瞬間、恐れ慄いた二人は、小屋から道路へと飛び出していた。外では奇跡が起こっていた。門があき、二人の真正面に暗い人影が立ちはだかっていたのだ。

「手を上げろ、コール！」声が響いた。リーダー氏の首根っこをつかんでやれると思っていたルー・コールにとっては、忌々しい限りだった。

その夜の十二時、ジェイムズ・タイザーマイト卿は未来の花嫁と話し合いをしていた。依頼主の財産を守ろうとする弁護士の愚かさについて。妻となる娘の行動の自由を完全に確保しようとする、その弁護士の賢明さと先見の明について。

「あのごろつきは報酬以外のことは何も考えていないんだよ」使用人が断りもなく部屋に入って来たとき、ジェイムズ卿はそう話していた。使用人の背後には、州の警察署長と以前に見た覚えのある男が控えていた。

「ジェイムズ・タイザーマイト卿ですね？」警察署長は意味のない質問をした。相手のことならよく知っているのだから。

「そうですよ、署長。いったい何事ですか？」顔を引きつらせながら准男爵は尋ねた。

「あなたの配偶者、エレノア・メアリー・タイザーマイトを殺害した疑いで逮捕します」

「すべては、タイザーマイト夫人が船酔いをしやすい質だったのかどうかにかかっていたのですよ」

J・G・リーダーは上司に説明した。「船酔い体質だったら、乗客係を呼ばずに五分も船内にはいられなかったでしょう。乗客係は奥方の姿を見ていません。船に乗っていたほかの人々も同様です。理由は単純ですよ。彼女は船になど乗っていなかったからです！　マナーの敷地内にいるうちに殺害されていたんです。死体は古い小屋の灰受け石の下に埋められました。ジェイムズ卿は車でドーヴァーに向かっています。ホテルの駐車場に車を置いて戻って来る前に、ポーターに荷物を預け、船内に入れておくよう命じていたんです。連絡列車を降りた客たちに紛れて乗船できるよう、到着の時間を計っていたのでしょうね。彼が一人だったのか連れがいたのか、覚えている人間は一人もいません。もっとも、そんなことを気にかける人間もいなかったのですが。彼はポーターから鍵を受け取り、奥方の帽子も含めた荷物を船室に運ばせ、チップを払って立ち去らせました。表向きには、タイザーマイト夫人は乗船していたことになっていたのです。ジェイムズ卿が彼女のチケットを切符係に手渡し、乗船券を引き換えに受け取っていましたから。そして、やがて、彼は奥方の姿が見えないことに気がつく。船内中で捜索が行われましたが、もちろん、不幸な夫人の姿は見つからない。前にも申し上げたように、わたしには――」

「犯罪者の心が備わっている」長官は上機嫌で口を挟んだ。「続けたまえ、リーダー」

「この奇妙で厄介な能力ゆえに、わたしにはわかってしまったのですよ。夫人が乗船していたという錯覚を人に与えるのがいかに簡単かということが。それで、もし、殺人が行われたのだとしたら、屋敷から数マイル以内のはずだと思いました。地元の建築業者から、ジェイムズ卿にモルタルを混ぜる方法を教えてやったという情報を収集していたんです。それに、地元の鍛冶屋からは、たぶんジェイムズ卿の車によってだと思われますが、門が壊されていたという情報も――自分でも壊れた門を見ています。わたしが知りたかったのは、それがいつ修理されたのかということでした。そんなわけで、夫人は小屋の暖炉の下に埋められていると確信したわけです。捜査令状がなくては、自分の推理が正しいかどうかを証明することは不可能でした。それに、わたしたちの部署の評価を落とす危険性なしに、私的な調査を行うことも――〝わたしたちの〟と申し上げてよろしいのであれば、ですが」リーダーはすまなそうに言い添えた。

長官は考え込んでいる。

「もちろん、きみが、このコールという男が暖炉の床を掘り起こすように誘導したんだよね。きみがそこに金を埋めているふうを装って。ノートにそんなことを書いておいたんだろう？　でも、いったいどういうわけで、あの男はきみが財宝を隠しているなんて思い込んだんだろう？」

リーダー氏は悲しげに微笑んだ。

「犯罪者の心というのは奇妙なものです」溜息交じりにそう答える。「幻想や作り話が、そこには潜んでいるんですよ。幸いなことに、わたしにはそういう心が理解できます。いつもお話ししているように――」

3　一味

公訴局長官の事務所には、J・G・リーダー氏の好みや性質にぴたりと調和する静けさと落ち着きがあった。時計が時を刻む音が聞こえ、紙をめくる音が静寂に穏やかな小波《さざなみ》を立てる。彼は、そんな事務所で働くことが大好きな紳士だからだ。

ある朝、彼は、名高い不動産業者メサーズ・ウィロビイのタイプ打ちのカタログを思案顔でめくっていた。到着したばかりの資料で、配達人が慌ただしく机の上に置いていった紙ばさみ式の書類だった。

やがて彼は、一枚の紙のしわを伸ばし、さほどの物件でもなさそうな地所に対する踊るような宣伝文句を改めて読み返した。しかし、その精査は時間の無駄になったようだ。紙の端に、〝貸出済み〟という赤インクの走り書きがあったからだ。すなわち、〝リバーサイド・バウアー〟なる物件は、借りることができないということ。インクの文字は擦れて滲んでいる。〝貸出済み〟の文字は、明らかにこの朝、書き加えられたものらしい。

「ふうむ！」リーダー氏は呟《つぶや》いた。

いろんな意味で興味を引かれたのだ。七月の暑さの中なら、川べりの家は珍重されることだろう。しかし、十一月の初旬では、〝店《たな》ざらしもの〟も同然だ。それに、アメリカからの客なら普通、もっぱら霧と雨で悪評高く、総じて快適とは言えない季節に、川べりの家など借りたりはしない。

「居間が二室に寝室が二室。風呂に大きな乾燥用地下室、川に続く芝生、小型モーターボートと平底ボート。ガス、電灯完備。週三ギニー。半年契約なら週二ギニー」

リーダーは卓上の電話機を引き寄せ、不動産業者に電話を入れた。

「〝貸出済み〟というのは――おや、まあ！　アメリカ人の紳士にですか？　いったい、いつ空くのでしょう？」

新しい居住者は一カ月間、その家を借りていた。リーダー氏はさらに興味をそそられた。もっとも、彼の〝アメリカ人の紳士〟に対する興味は、そのアメリカ人がリーダー氏に対して抱く興味ほど強いものではなかったが。

偉大なるアート・ローマーは、商用でカナダからロンドンに来ていた。ある日、その彼を、友人であり信奉者でもある男が、ロンドンの主要な観光地巡りに連れ出していた。

「やつは普通、昼時には外に出て来ますよ」スパロウ（スズメ）という名のせいで〝チープ（小鳥がピヨピヨと鳴く声）〟と呼ばれている友人は言った。

ローマー氏は蔑《さげす》むような目で、ホワイトホールを上から下へと眺めていた。世界中の街を見ている彼にとっては、どれも似たり寄ったりに見えたからだ。

「ほら、やつですよ！」秘密でも何でもないのに、チープは小声で囁いた。

灰色の大きな建物のこぢんまりとしたドアの一つから、中年の男が出て来たところだった。頭にはてっぺんが平らな高々とした山高帽。黒いフロックコートにぴっちりと身を包んでいる。白髪交じりの黄色い頬髭に眼鏡をかけた貧相な男。その眼鏡は、鼻のつけ根ではなく、鼻先に近い位置までずり下がっていた。

「あれが？」アートは驚いて尋ねた。

「あれです」同伴者は、的確とは言い難いが、きっぱりとした口調で答えた。

「おまえたちは、あんな男を恐れているのか？　ばかばかしい。猫一匹捕まえられそうもない男じゃないか！　さっさとトロントに帰って――」

アートは自分の故郷を誇りに思っていた。しかし、自らの思わしくない未来さえ極めて魅力的に語ろうとするおおらかな精神を持つ世界にあっても、ロイヤル・カナディアン警察には言いたいことが山ほどあった――常日頃から、地元でも大いに嫌悪感を抱く権力組織だったからだ。

アートはトロントから〝指令を出して〟いた――彼は決して下卑《げび》た言葉は使わない。バッファロー、そして合衆国との国境に近いことが、この地にある種の利点を与えていた。カナダの内陸部から〝指令を出して〟いたこともあったが、その当時の専門が常に襲撃を伴う強盗であったため、カナダの治安判事と対立することになった。そして、その治安判事が振り回したとんでもない権力のせいで、アートは五年間投獄されることになったのだ。さらに恐ろしいことには、二十五回の鞭打ち刑まで言い渡された。先が九本に分かれた鞭で、その一本一本が彼の身体を傷めつけたものだ。それ以来、彼は暴力を排し、自分の一味を作り上げることに専念した――そして、アート・ローマーの一味は、大陸中に名を轟かせるほどに成長した。

ロンドンの貧民窟と犯罪歴の累積から救い出され、カナダに送られたとき、彼はただのアーサー・ローマーでしかなかった。当時の慈悲深い当局が、カナダでは少年犯罪が極めて少ないと考えた結果だった。大いなる器用さ、巧みな舞台演出、そして、悪銭を稼ぐことに対する生来の才能によって、彼は島々にバンガローを構え、チャーチ・ストリートにフラットを持ち、高級車を乗り回す身分になった。そして、ニュー・イングランド以外の土地では十分に通用するニュー・イングランド訛りも身につけた。

「たいがいにしてくれよ！　あれがリーダーだって！　カナダと合衆国があんなとんまだらけなら、ハリウッドが十年間でチャップリンに払う以上の金を一カ月で集めてやるさ。ああ、そうだとも。なあ、やつは時計を持っているかな？」

案内役はしばし戸惑った。

「時計を持ち歩いているかっていう意味ですか？　もちろんですよ！」

アート・ローマー氏は頷いた。

「待っていろ――五分でここに持って来てやるから――ちょっとしたショーを見せてやる」

それは、生涯でも極めつきの愚行だった。彼は商売のためにロンドンに来ていたのだ。その意見に露ほどの関心も払わない相手から安っぽい称賛を得るために、百万ドルもの金を危険に晒してしまったのだ。

見知らぬ男がぶつかってきたとき、リーダー氏は、彼が常日頃〝車両の往来〟と呼ぶものを横切ろうと、苛々しながら舗道に立っていたところだった。

「これは失礼」見知らぬ男は言った。

「いいえ、少しも」リーダー氏はぼそぼそと答えた。「わたしの時計は五分進んでいるんです――正確な時間ならビッグ・ベンでわかりますよ」

ローマー氏は、自分のポケットに手が滑り込んでくるのを感じた。そして、催眠術にでもかかったかのように、時計がJ・G・リーダーのポケットに戻るのを見ていた。

「ここには長期間?」リーダー氏は愛想よく尋ねた。

「えっ——ええ」

「よい季節ですからね」リーダー氏は眼鏡を外し、自分の袖に擦りつけると、ひん曲がった状態で鼻に戻した。「でも、秋にはカナダほどの美しさにはならないでしょう。レオニーはどうしています?」

アート・ローマーは卒倒こそしなかったが、目を覚まそうとでもするかのように身じろぎをし、何度も目をしばたたかせた。レオニーとは、バッファローにある小さなレストランの所有者だ。アートと仲間たちにとって、作戦を展開していく上での非常に便利な前衛基地になっている。

「レオニーですって? あのう、ミスター——」

「それに、お仲間は? 彼らは英国でも活動しているのですか? それとも——あー——休止中とか? それは、単なる噂だと思っていたのですが」

アートはあんぐりと口をあけて相手を見つめた。リーダー氏の顔には、気遣うような問いかけの表情が浮かんでいる。まるで、一味の健在具合が興味深い関心事でもあるかのように。

「あの——そのう——」アートは掠れ声で話し始めた。

彼が自分の考えをまとめることもできないうちに、リーダーは傘を握りしめ、神経質そうに左右を確認してから通りを渡って行った。

「おれの頭はいかれちまったんだろうか?」ローマー氏は呟き、不安げな顔をした案内人が待つ場所まで、のろのろと戻って行った。

「だめだ——触る間もなく逃げられちまった」プライドからそっけなくそう説明する。「行こう。飯《めし》でも食おうじゃないか。もう十二時――」

ポケットに手を入れる。しかし、時計がなくなっていた！　高価なプラチナの時計鎖も。リーダー氏は、ときにひどくいたずら好きになるようだ。

「アート・ローマー――この男に何か問題でもあるのかね？」Ｊ・Ｇ・リーダー氏の雇い主である公訴局長官は尋ねた。

「いいえ、これと言って文句はありません。たまたま、彼の時計が――そのう――手に入りましてね。わたしの個人的な資料から、一九二一年にクリーヴランドで盗まれたものだとわかりました――日付なら警察の資料に載っています。ただ――そのう――この男が観光シーズンも終わったころにロンドンにいるのが注目すべき点でして」

長官は心もとなげに唇をすぼめた。

「む、む――。まあ、警視庁の人間に伝えておくよ。我々の取り扱い範囲には属さない人物だから。その男の専門は何なんだね？」

「一味のリーダー――たぶん、そんな感じでしょう。かつては、そのう――あー――慎ましい規模の劇団関係の組織に関わっていたのですが」

「俳優という意味かね？」当惑顔で長官が尋ねる。

「え、ええ。役者と言うよりはプロデューサーでしょうか。彼の一座について聞いたことはありますが、残念ながら公演を見たことはありません。有能な劇団なのですが」

大きな溜息をついて、彼は頭を振った。

「一座についての話はまったく理解できないな。彼の時計がきみの手に入ったというのは、どういうわけなんだね、リーダー？」

リーダー氏は頷いた。

「わたしのほうとしては、ちょっとした冗談だったんですよ」彼は声を潜《ひそ》めて囁いた。「ほんの冗談でして」

リーダー氏についてよく知っている長官は、それ以上の追及はしなかった。

ローマーは、ブルームズベリーのホテル・カルフォートに滞在していた。たいそうなスイート・ルームを使っていたのだが、大物を狙う男の立場上、寄せ餌のコストにけちをつけるわけにはいかない。その大物は、アート・ローマーの期待以上に早く食いついてきた。名前はバーティ・クロード・スタッフェン。どろんとした目と、常にあいている口がどこか魚のようで、いとも簡単にイラストにできそうな若者だった。

バーティの父親は、世の女優たちが夢見る以上の金持ちだった。陶器製造業者で、副業として綿糸工場も買い込んでいた。あまりにも巨大な富を築いたために、バスで行けるところにはタクシーは使わず、歩いて行ける場所にはバスも使わないという生活をしていた。このようにして彼は、自分の肝臓（それについては、彼自身がしばしば話題にしていたのだが）を健康に保ち、心臓の老化を早めることになった。

バーティ・クロードは、そうした父親の卑しさをそっくり受け継いでいた。加えて、忠実な使用人たちや孤児院、慈善行為の促進を目的とする団体にも決して寄付されることのなかった金も。すなわち、ほとんどすべてを受け継いだというわけだ。貧相な顎と、未発達の知能を内蔵した出っ張り気味の額。それでも、十二ペニーが一シリングで、百セントが一ドルになることはわかっていたし、それだけでも百万長者の一人息子が有するには十分過ぎるほどの知識だと思っていた。

他人からはあまりわからない特技を持つ男だった。ロマンチックな夢を見る才能。諸経費の切り詰めや生産性の向上について考えていないときには、ゆったりとくつろぎ、くわえ煙草で半分目を閉じ、自分がヒーローになる情景を思い描くのが好きだった。そんなふうにして彼は、財宝が詰まった埃だらけの箱でいっぱいの暗い洞窟を、偶然発見する様子を思い描いた。あるいは、ドービル・カジノで、山のように現金を積み上げている自分の姿を。それは、途方もなく裕福なギリシア人やアメリカ人から巻きあげた金だ――実際のところ、途方もなく裕福なら誰であってもかまわなかった。思い描く夢の大半は、泥棒のような税務局の役人が、父親の財産から相続税として不正に絞り取った莫大な金を取り戻す情景だった。もっと裕福になってしかるべきだ――彼自身、かなりの金持ちだったが、常にそう思っていた。

ホテル・カルフォートに着き、アート専用の居間に通されたとき、バーティ・クロードは陶然とするような夢の世界に引き込まれた。部屋の中央にある大きなテーブルが、様々な等級の水晶見本で埋め尽くされていたからだ。アートの兄弟と言われる人物によって発見された新しい鉱山から掘り出されたもので、その場所を知っている者はこの世に二人しかいない。すなわち、アート・ローマーとバーティ・クロード・スタッフェンの二人。

スタッフェン氏は薄手のオーバーコートを脱ぎ、テーブルに近寄ると、鉱石を丹念に調べ始めた。

「分析をさせてあるんだ」と彼は言った。「頼んだのはおれの友人で、無料《ただ》で引き受けてくれた。その男の報告によると、見込みは十分だな――大いに期待できそうだ」

「会社は――」話し始めたアートを、スタッフェン氏は指を上げて押しとどめた。

「あんたも承知しているだろうし、わざわざ言う必要もないだろうが、おれとしては、この鉱山に投資するつもりはかけらもないよ。金はいっさい出さない。おれが唯一考えているのは、宣伝におれの名前を使うことで報酬を得ることだけだ。言っている意味はわかるだろう？」

「無料《ただ》の利！」アートは答えたが、この場合、まったくの的外れというわけではなかった。

「まあ――会社での役職は持たない。ひょっとしたらあとで、指揮的な立場に立つかもしれないがね。利益が上がって、すべてが順調に展開し始めたら。自分の名前を貸すわけにはいかないからな、言わば――未知数のものに」

アートは同意した。

「金なら友人が提供してくれたんですよ」あっさりと言う。「もし、その男が余計に百ドル持っていたとしたら、世界中の金を持っているということになる――そのくらいの金持ちなんです。実際にはよく知らない紳士に出資させる目論見で、こんなところまでやって来たりしないことは、スタッフェンさん、考えるまでもないことでしょう。わたしたちはカナダで知り合った――ええ、確か、そうでしたね！　でも、あなたはわたしについて何を知っています？　とんでもない悪党かもしれないし――ペテン師みたいなものかもしれないんですよ！」

そんな考えがバーティ・クロードの胸に浮かんだこともあったが、ひどく率直な態度が相手に対する疑いを追い散らしていた。

「殺し屋なんかにも関わっているんじゃないか。あなたがわたしのことをそんなふうに思っているのに違いないと、ずっと心配していたんです」アートは考え深げに煙草の煙を吐き出した。「でも、こんなふうにも思ったんじゃないですか。〝この男は俗物だ――争いごとにも巻き込まれているんだろう〃それは事実ですね。カナダの炭鉱町は、本当に荒っぽい連中ばかりですから——ええ。とにかく、喧嘩好きな連中なんです」

「あんたの立場はよく理解しているよ」実際には何もわかっていないバーティ・クロードは答えた。「人については理解の深い人間だと自負しているからね。〃ホモ・スム（ローマの喜劇詩人テレンティウスの言葉。『わたしは人間である。人間に関わることなら何一つ自分に無関係だとは思わない』）〃というところさ」

「確かに」ローマー氏はげんなりとして答え、さらに強調するために、もう一度「確かに！」と言い加えた。「あれは本当にいい本でしたよ。キング・エドワード・ホテルであなたからその本をいただいたときには、算数か何かの本だと思ったんです。でも、きっとすばらしい詩なんでしょうね。どの行も大文字で始まっていて、各行の終わりは韻を踏んでいる。密かに思ったものです。〃あのスタッフェン氏という人は、すばらしく優秀な人間なのに違いない〃って。どれだけ、わたしを打ちのめすような知識を持っていることか。あの、クラムから産まれたお姫様についての話ですが——」

「オイスターからだよ——彼女は真珠の化身なんだ」バーティはそこで言い淀んだ。「『ホワイト・メイデン』の話だろう？」

　ローマーはうんざりしながら頷いた。

「あれはすばらしい話でした。それまで、詩なんて読んだことはなかったんです——ばかみたいに泣きたくなったほどですよ！　あなたほどいろんな才能に恵まれていれば、わたしだってオンタリオ辺りで鉱山巡りなんかしていなかったでしょう、まったく」

「たった一つの才能なんだよ」スタッフェン氏は考え込んだあとで言い足した。「会社に当てるための金は持っていると言ったな？」

「十分に。あなたの取り分を提示するだけの権限はわたしにはありません——実際のところ。でも、その点は心配しないでください。創立費用からいくらか別に取ってありますから。ああ、あなたにお金を払わせるつもりなんて、かけらもありませんよ」

アートは煙草の灰を叩き落して、眉を寄せた。

「あなたは本当にわたしによくしてくれました、スタッフェンさん」ゆっくりとそう続ける。「誰かれかまわず自分の商売について持ちかけようなんて気はまったくありませんでしたが、あなたがあまりにも正直でいい方だから、わたしも信頼感のようなものを感じてしまって。この鉱山の話は気にしないでください」

バーティ・クロードは眉を上げた。

「言っている意味がわからないな」

アートの顔にゆっくりと寂しげな笑みが浮かんだ。

「会社のための資金をすでに確保しているなら、ヨーロッパくんだりまでわざわざやって来るなんて、ばかげているとは思いませんか?」

バーティは、それならなぜだという表情を浮かべている。

「あの鉱山を売るのは金塊を売るようなものですよ。何の努力もいりません。アマガニー・フォレストにでも住んでいれば、とっくに売れていたはずです。いいえ、わたしは、あなたが知ったら仰天するような商売のためにここにいるんです」

アートは不意に立ち上がり、落ち着かない様子で忙しなく室内を歩き回り始めた。考え込むように眉根を寄せている。

「あなたはすばらしい詩人です」突然、そう話し出す。「ひょっとしたら、普通の人間より想像力が豊かなのかもしれません。それなら、あの鉱山はわたしにとってどんな意味があるんでしょう？　数十万ドルの儲け？」彼は肩をすくめた。「水曜日のご予定は？」

突然の質問に、バーティ・クロードは面喰《めんくら》った。

「水曜日？　さあ、まだわからないな」

ローマー氏は、何事かを考えるかのように唇を噛んでいる。

「川岸に小さな家を借りたんです。いらして、一晩一緒に過ごしませんか？　新聞各社が百万ドルを出しても知りたがるような秘密をお教えしましょう。こんな話は、本で読んだだけなら、あなたも信じないでしょうね。ひょっとしたら、いつの日かあなたもそれで本を書けるかもしれない。世に伝えるためには、あなたのように想像力に富んだ人間が必要なんですよ。さあ、お聞かせしましょう」

ローマー氏は少し躊躇《ためら》いながら、話を始めた。

「政治だの何だのについては、わたしはさっぱりわかりません。でも、ロシアで革命のようなことが起こって、おかしな事態になっているのは周知の事実です。わたしだって、そんなことを知らないほどの愚か者ではありません。ロシアでの出来事についてのわたしの興味は、サスカチェワン（カナダ中南部の州）のパイクタウンでの出来事に対するあなたの興味と似たり寄ったりでしょう。でも、六カ月前、数人のロシア人と出会いましてね。連中は、郡保安官の武装部隊に追われて、あたふたと合衆国から脱出して来たところでした。連中が現れたとき、わたしはたまたま国境近くの農場に滞在していたんです。その連中、何をしていたと思います？」

スタッフェン氏は頭を振った。

「エメラルドの密売ですよ」大真面目な顔でアートは囁いた。

「エメラルド？　密売？　どういうことだ――エメラルドを売りさばこうとしていたということか？」

　アートが頷く。

「ええ、そういうことです。一人があらゆるサイズのエメラルドでいっぱいの紙袋を抱えていました。わたしはそれを一万二千ドルで買い取ったんです。トロントに持ち帰ったところ、百万ドル近くの値がつきました」

　バーティ・クロードはあんぐりと口をあけて聞き入っていた。

「モスクワからやって来た連中でした。四年間も宝石の密売を続けているんです。どこぞの破産した公爵様が、ほかの名士たちのためにエージェントの役割を請け負っているんです――根ほり葉ほり訊き出したりはしませんでしたけどね。わたしは詮索好きな人間ではありませんから」

　アートは屈み込み、自分の言葉を強調するために相手の膝を指でつついた。

「わたしが買い取った代物《しろもの》は、やつらの在庫の二十分の一でしかありません。財宝の残りを手に入れるために、わたしは連中をロシアに送り返しました。そいつらが来週にはこちらに着く予定になっているんです」

「二千万ドルか！」バーティ・クロードは喘いだ。「あんたはそれをいくらで買い取る気なんだ？」

「百万ドル――二十万ポンドで。マーローのわたしの家にいらしてみてください。これまで見たこともないような、最高品質のエメラルドをお見せしますから――実のところ、それらはみんな手元に残しておいたんです。大方はピッツバーグの大金持ちに売ってしまいましたが――売値は言わないでおきますよ。相手からぼったくったと思われますからね！　気に入った石があったら――まあ、売って差し上げてもいいですよ。手放したくはないのですが。もちろん、友人から利益を得るようなことはしません」

招待主が気安い態度ながらも鋭い鑑識眼で、自分のお宝についてしゃべり続けているあいだ、バーティ・クロードは魅せられたように聞き入っていた。友人の部屋を去るときには頭がくらくらしていたが、自分の妄想の中でお馴染みの、うっとりとした気分を味わっていた。

ホテルのホールを通り抜けるとき、平たいフェルト帽を被った中年男の姿が目に入った。しかし、その男が既製品の幅広ネクタイをしていることや、先の四角い靴を履いていること、まるで政府の役人のように見えることまでは、とても気づかなかった。いかにも時代遅れという格好の紳士が行く手を阻まなければ、バーティ・クロードはそのまま男の脇を通り過ぎてしまったことだろう。

「すみません。スタッフェンさんではありませんか？」

「ええ」バーティはそっけなく答えた。

「ちょっとお話ができたらと思うのですが。そのう――少しばかり」

バーティはうるさそうに手を振った。

「誰とも話をしている時間などありませんよ」ぶっきらぼうに答える。「面会の予約が必要なら、その旨の書類を出してください」

そして彼は、憂いを含んだ目で見送る悲しげな顔をした男を残して立ち去った。

ローマー氏の家は、マーローとクオリー・ウッドのあいだにぽつんと建つ、石造りのバンガローだった。念入りに探し回ったとしても、これほど目的に合う場所は見つけられなかったことだろう。陽光と川から、ゆったりとしたフランネルの服装を連想していたバーティ・クロードは、鉄道の駅から出て来て身震いをし、灰色の空を不安そうに見上げた。雨が絶え間なく降り続き、彼を待っていたタクシーもすっぽりと濡れていた。

「川岸のバンガローを借りるには、いい季節ではないな」バーティが呟く。

川岸のバンガローにとって理想的な季節がいつなのか、さっぱり見当のつかないローマー氏も同意した。

「わたしにはぴったりの場所なんですよ」そう説明を始める。「本当にぽつねんと孤立していますからね。人の目に立ちたくないんです」

駅から家までの道は川の流れと平行して走っていた。雨で曇った窓ガラスからは、鉛色の川面と、道路とのあいだに広がる濡れた草地しか見えない。それでも十五分ほどのドライブで、緑溢れる庭に囲まれた小さな建物へと到着した。玄関ホールの暖炉では火が赤々と燃え、バーティの沈んだ気持ちを引き上げてくれるような暖かく快適な空気が満ちていた。二人は数分もしないうちに、お茶がすでに用意された、ハーフティンバー様式のダイニング・ルームで腰を下ろしていた。

雰囲気というものは、大方の人間をそれとなく魅了する力を持っている。バーティもまた、その家の居心地のよさと予期せぬサービスに感動していた。小綺麗でかわいらしいメイドや落ち着いた物腰の中年執事、生真面目な顔をした従僕姿の若者まで揃っていたからだ。ダイニング・ルームに入る前、その若者が濡れたコートを脱がせ、ブーツを乾いた布で拭いてくれた。

「いいえ、この家はわたしのものではないんですよ。英国にいるときに、いつも借りる家なんです」必要のない小さな嘘など決してつかないローマー氏は言った。そういった嘘は、簡単に見破られてしまうからだ。「執事のジェンキンスと従僕はわたしの使用人です。ほかの人間はこの家と一緒に雇っています」

お茶のあと、彼はバーティを自分の寝室に招き入れた。書き物机の引き出しをあけ、二重に施錠された小さな鋼《はがね》の箱を取り出す。鍵を外し、折りたたんだ生綿をかぶせた浅い金属トレイを持ち上げた。

「気に入ったのがあればどれでもどうぞ。おっしゃっていただければ、売値を申し上げましょう」

ローマー氏は生綿を丸め、六個の見事な宝石を見せた。

「それですか?」そう言いながら、一番大きな石を人差し指と親指で摘み上げる。「そうですね、六千ドルというところでしょうか――約一千二百ポンド。でも、これにそれだけ払うとしたら、あなたは愚かですよ。エメラルドを買う唯一安全な方法は、言い値の五十パーセント以下で買い取ることですから。わたしがかけた原価は――」と彼は、頭の中で計算した。「九十ポンドです」

バーティの目が光った。エメラルドにかけてはエキスパートとも言える男だ。目の前の石が本物であることはわかっている。

「九十ポンドで売るつもりはないんだよな?」気安さを装ってそう尋ねる。

「もちろんですよ。友人からでも、多少の利益はいただきます! 百ポンドならお譲りしましょう」

バーティは内ポケットをまさぐった。

「いいえ、今お支払いいただく必要はありません。エメラルドについてどれほどご存知なんです? 極めて精巧な偽物かもしれないじゃないですか。街に持って行って、専門家に――」

「今、小切手で支払うよ」

「お好きなように」

アートは石を丁寧に包み、小さな箱に入れて相手に手渡した。

「わたしがお売りするのはこの一個だけですよ」ダイニング・ルームに戻りながら、そう説明する。

バーティは直ちに小さな書き物机に向かうと、小切手を切り、ローマー氏に差し出した。アートがその紙きれを見つめ、眉を寄せる。

「おやおや、いったいこれをどうしましょうか？　ここに銀行口座は持っていないんですよ。金はみんなアソシエイティド・エクスプレス・カンパニーに預けてあるものですから」

「〝持参人払い〟にしておくよ」バーティは愛想よく答えた。

ローマー氏はまだ疑わしげだ。

「その紙きれを現金にしてくれるよう、頭取だか何だかに一筆書いていただけませんか。とにかく銀行というのは大嫌いなものですから」

バーティ・クロードは快く引き受け、必要なメモを書き始めた。そうしているあいだにも商売の話を持ち出す。この男は、根っからの商売人なのだ。

「この宝石売買に、おれも入れてもらえないかな？」

アート・ローマーは気乗りしないように首を振った。

「申し訳ありませんが、スタッフェンさん、それは無理なご相談です。まっとうな商売だと思っていますから、率直に申し上げましょう。この取引に加わらせてくれと頼むのは、わたしに金を無心しているのと同じことなんですよ！」

バーティは小さく抗議の声を上げかけた。

「まあ、そんなふうに言うのは品のないことかもしれませんが、結局は同じことなんです。わたしが自分ですべてのリスクを担《にな》い、作戦を練ってきたんです――ロシアから例の男を脱出させるのにも金がかかっています。飛行機だの特別列車だの、いろんなことに。あなたのことは好きですから、できればお断りなどしたくないんですけれどね、スタッフェンさん。もし、ほかにも気に入った石があれば、お値打ちな価格でお分けしますから、それでどうです?」

バーティは、すばやく頭を回転させて考え込んだ。

「これまでにかかった取引費用はどのくらいなんだ?」そう尋ねる。

ローマー氏は再び首を振った。

「どのくらいかかったかなんて、どうでもいいことなんですよ。たとえ、わたしが払った額の四倍をあなたが提示してくれたとしても――かなりの金額になるとは思いますが――あなたをこの取引に引き入れることはできないんです。多少の利息をお支払いできるとしても、そのためにあなたからお金など受け取れません」

「またあとで話し合うとしよう」希望を失うことのないバーティは答えた。

雨は止んでいた。沈みゆく夕陽が川面を淡い金色に染めている。バーティが招待主と一緒に庭を歩いているときのことだった。頭上のどこからか、飛行機のエンジン音がかすかに聞こえてきた。やがて、空中で輪を描く機影が見え、クオリー・ウッドの黒い影の向こうに消えていった。横に立つ男の口から叫び声が漏れる。首を巡らせてみると、アートの顔は苛立ちと疑惑で歪んでいた。

「何事なんだ?」バーティは尋ねた。

「連中は――」アートはゆっくりと答えた。「来週だと言っていたのに……ちくしょう、何てばかなんだ」

辺りは暗くなっていた。二人が屋内に戻ったときには、執事がすでに明かりを灯し、ブラインドを下ろしていた。この家の主人に非常にまずいことが起こったのは、バーティにも容易に理解できた。アートの口数は極端に減り、続く三十分のあいだ、ほとんど何もしゃべらなかった。ただ火の前に座り、踊る炎を見つめている。物音がするたびに、びくりと身をすくめた。

簡単な夕食は早めに饗された。使用人たちが後片づけをしていると、二人の男が小さな客間になだれ込んできた。

「何が起こったんだ、ローマー？」

「別に」家の主《あるじ》は飛び上がって答えた。「ただ——」

その瞬間、玄関の呼び鈴が鳴った。アートは必死に耳をそばだてている。ホールで押し問答をする声が聞こえ、やがて、従僕が姿を現した。

「殿方がお二人とご婦人がお一人、お見えになっています」

アートが唇を噛むのをバーティは見逃さなかった。

「お通ししろ」主人が答える。すぐに、革のコートにパイロット用のヘルメットを被った長身の男が入って来た。

「マーシャム！　いったいぜんたい——！」

あとに続いてきた若い女が、すぐにバーティ・クロードの目を引いた。細身で黒髪。頰の青白さと疲れた眼差しを除けば、美しい顔立ちをしている。もう一人の訪問者は、およそ人好きのしない容貌だった。ずんぐりとした体格で、顎髭を短く刈り込んだ外国人風。着古した毛皮のコートで首まですっぽりと包んでいるが、ぼさぼさの頭はむき出しだった。

アートがドアを閉めた。

「いったいどういうわけだ?」

「問題が起こったんだ」長身の男がむっつりとした顔で答える。「公爵が別の要求を出してきた。物《ぶつ》の一部は送ってきたんだが、あんたが約束した金の半分を払うまでは、真珠もダイヤモンドも手放さないと言ってきた。こちらは公爵のお嬢さんで、プリンセス・ポーリン・ディミトロフ」男は説明した。

アートが若い女に怒気を含んだ目を向けた。

「なあ、ちょっと、お嬢さん。英語はしゃべれるんだろうな?」

女は頷いた。

「おれたちの国では、こんな商売の仕方はしない。あんたの父親は約束したんだ――」

「父は本当に無茶をしてきたんです」かすかな外国語訛りを滲ませながら女は答えた。その声が、バーティの耳にはひどく心地よく響いた。「とても大きなリスクを担ってきました。正直なところ、父がこの取引で心底誠実だったかどうかは、わたしにはわかりません。お金を出すことは、あなたには簡単なはずです。もし、今夜お支払いいただけるなら――」

「今夜だって?」アートは声を荒げた。「どうやって、そんな金を今夜中に用意できるって言うんだ?」

「父は今オランダにいます」女が答える。「飛行機も待たせてありますし」

「でも、どうやって用意したらいいんだよ?」カナダ人は腹立たしげに繰り返した。「おれが魔法のポケットに十万ポンドを入れて、持ち歩いているとでも思っているのか?」

女は再び肩をすくめると、ぼさぼさ頭の男に顔を向け、スタッフェン氏にはわからない言葉で何やら話しかけた。しゃがれ声の返事に女は頷いている。

「父は小切手でも受け取るとピーターは言っています。父はただ、はっきりさせたいだけなんです。何事も――」英語の単語がわからなくなって、彼女は言い淀んだ。

「このおれがあんたの父親を騙したことがあるか?」腹立たしげにアートが問う。「金も小切手も出せない。取引を中止すればいいじゃないか――もう、たくさんだ!」

このころまでには操縦士が小脇に抱えてきた包みをあけ、中身をテーブルの上に広げていた。バーティ・クロードは目にしたもののきらめきに息を呑んだ。数々のダイヤモンド――台つきのものも、石だけのものもある。旧家の家宝だったのに違いないアンティークな趣《おもむき》の宝石。しかし、そのときの彼には、歴史的な価値など念頭にはなかった。彼はアートを脇に呼び寄せた。

「もし、この連中を一晩ここに引き留めておけるなら――」小声で囁く。「このコレクションのために必要な金くらい、何とか掻き集めてやるよ」

アートは首を振った。

「無駄ですよ、スタッフェンさん。あの男のことならよくわかっているんです。今夜、金を送れないなら、残りのものは目にすることもできないでしょう」

が、突然、彼は掌を打ち合わせた。

「そうだ!」そう言って、息を吸い込む。「いい考えがありますよ! あなたの小切手帳だ」

バーティ・クロードの目に、冷ややかな疑いの色が浮かんだ。

「確かに、小切手帳なら持参しているが――」

「ダイニング・ルームへ」アートは、走るようにして先に立ち、相手を促した。部屋に着くとドアを閉める。「小切手なら、二、三日、現金化されることはありませんよ。少なくとも、今夜は無理です」息急き切って、そう説明する。「そのあいだに、あなたはあの宝石をご自分の銀行に持ち込んで、わたしが金を用意するまで預けておくことができる。それに、もし、あの宝石が支払額に値しないものだったら、明日、小切手の支払いを止めることだって可能です」

バーティはしばし、あらゆる角度からこの問題を検討した。

「安全のために先付け小切手にしたらどうだろう？」

「先付け小切手？」ローマー氏は困惑している。「それは、どういう意味です？」バーティが説明してやると、彼は顔を輝かせた。「なるほど、確かに！　二重の用心になりますね。明後日以降にしておきましょう」

もはやバーティが躊躇うことはなかった。テーブルの前に腰を下ろし、小切手帳と万年筆を取り出すと日付を書き込んだ。

「〝持参人払い〟にしておいてください」相手が筆を止めたタイミングでアートは声をかけた。「もう一枚の小切手と同じように」

バーティは頷いて署名をし、名前の下に特徴的な線を書き入れた。

「少し待っていてください」

アートは部屋を出ていったが、すぐにまた戻って来た。

「連中は受け取りましたよ！」大喜びでそう伝える。「やれやれ」若者の肩を満足げに叩きながら、彼は言った。「これで、あなたもこの取引に仲間入りだ。そんなふうには望んでいなかったんですがね。取り分はヒフティー・ヒフティー――わたしは貪欲な人間ではありませんから。こちらへどうぞ。決して人に見せるつもりはなかったのですが、別のお宝をご覧に入れましょう」

アートは廊下に出ると、地下室へと続く石階段の踊り場に出る小さなドアをあけた。階段を下りるためにライトをつける。重厚なドアの鍵をあけ、彼はさっと扉を開いた。

「さあ、どうぞ。これほどのものを見たことがありますか?」

バーティ・クロードは暗い室内を覗き込んだ。

「何も見えないぞ――」そう言いかけたとき、ひどく乱暴に突き飛ばされ、闇の中へとよろめいた。次の瞬間、背後でドアが閉まる。錠が下り、鍵の回る甲高い音。

「おい、いったいどういうことだ!」

「まあ、一日か二日もすれば見つけてもらえますよ」ローマー氏のくぐもった声が聞こえてきた。

アートは二つ目のドアを閉め、足取りも軽く階段を駆け上がった。居間で待つ従僕、執事、小綺麗なメイド、そして、三人の訪問者と合流する。

「うまく閉じ込めたぞ。小切手の指定日が来るまではあの中だ――地下室には食料も水もたっぷりあるから、一週間は大丈夫だろう」

「やつを捕まえたのか?」髭面のロシア人が尋ねる。

「ああ、捕まえたんだ! ちょろいやつだったよ」蔑んだようにアートは答えた。「さあ、みんな、逃げるぞ。とっととずらかろう! あの男から銀行の支配人宛ての手紙を手に入れているんだ。こんな具合の――」彼はその手紙に目を落とし、一部を読み上げた。「添付の小切手を、友人のアーサー・ローマー氏のために現金化するように」

仲間たちの口から満足げなどよめきが上がった。

「飛行機はもう戻ってしまったんだよな?」

革コートの男が頷く。

「ええ。この午後の半日、借りていただけですから」

「よし、おまえももう戻っていい。レイとアルはパリに向かって、ル・アプールからチャーター便のボートをつかまえろ。スリッキー、おまえはその頬髭を落として、リヴァプールから直接出国するんだ。ポーリンとアギーはジェノヴァに向かう。来月十四日にレオニーの店で合流しよう。そこで儲けを山分けする!」


二日後、アート・ローマー氏はノーザン・コマーシャル銀行の堂々たるオフィスに足を運び、支配人に面会を求めた。手紙を読んだ紳士は小切手を調べ、呼び鈴を鳴らした。

「結構な金額なのですが」ローマー氏が恐る恐る切り出す。

支配人は笑みを浮かべた。

「当行でしたらかなりの金額でも現金化できますよ」訪問客にはそう答え、呼び鈴に応えてやって来た行員に指示を出す。「ローマー様は、この額面のできるだけ多くをアメリカ通貨でお望みだ。ところで、スタッフェン氏とはどのようにお別れになったのですか?」

「ああ、パーティとはわたしの新しい会社の件で、パリで一緒だったんです」ローマーは答えた。

「まったく! この国でカナダの産業に融資するのは難しいことですからね、ソームズさん。でも、パリでかなりいい取引ができましたよ」

商売のことだけをしゃべり続けているうちに、行員が戻って来て、テーブルの上に紙幣の山を積み上げた。ローマー氏は財布を取り出し、しっかりと金をしまい込むと、支配人と握手を交わして一般の事務フロアに出て来た。が、そこで彼の足は止まった。J・G・リーダー氏が真正面に立ちはだかっていたのだ。

「仲間への給料支給日ですか、ローマーさん——それともそれは、〝軍資金〟と呼ばれるような類《たぐい》のものなのでしょうか？　わたしの芝居用語もだいぶ錆ついてきまして」

「おや、これは、リーダーさん」アートは口ごもった。「お会いできて光栄です。ただ、わたしは今、ちょっと急いでおりまして——」

「我々の親愛なる友、バーティ・クロード・スタッフェンさんに何が起こったと思います？」リーダーは心配顔で尋ねた。

「えっ、彼ならパリにいますよ」

「これはまた早いことだ！」リーダーが呟く。「警察が一時間前に、郊外のあなたの家の地下室から彼を救出したばかりなんですがねえ！　現代の交通システムの何とすばらしいことか！　マーローまでほんの数分、パリもすぐ近く、モスクワだってすぐそこと言っていいでしょう」

アートはもはや躊躇ってなどいなかった。探偵を脇へ押しのけて駆けだし、ドアへと突進した。彼のひどい暴れように、待ち構えていた警官も、手錠をかけるのに一苦労するほどだった。

「ええ、そうなんですよ」リーダー氏は上役に説明した。「アートはいつも、自分の一味と一緒に飛び回っていたんです。一味の所在がはっきりしないことは、わたしにとっては大いなる疑念の元でしたし、スタッフェン氏の行方がわからなくなってからは、あの家を監視させていたんです。ええ、もちろん、わたしには何の関係もないことですよ」リーダーは申し訳なさそうに言い加えた。「本当は、介入などすべきではなかったのですが。ただ、いつもお話ししているとおり、わたしの心が奇妙な具合に動いて――」

4　大理石泥棒

リーダー氏についてマーガレット・ベルマンが言えることは、ブロックリー・ロードの自分の家から数軒先に彼が住んでいるということくらいだった。法を遵守する人間にはまったく興味のないリーダーは、彼女の名前すら知らなかった。しかし、彼女がかわいらしい娘で、雑誌の表紙以外ではめったにお目にかかれない白い肌にバラ色の頬をしていることには気づいていた。きちんとした身なりをしていて、もし、リーダー氏が彼女についてほかの人々よりも語れることがあるとすれば、趣味の良さを偏愛する男にとってはしごく喜ばしい気品のある歩き方や、立ち振る舞いをする女性だということだった。

日によって、リーダー氏は彼女の前を歩いたり、後ろを歩いたりしていた。ウェストミンスター・ブリッジまでは同じ路面電車に乗る。彼女は決まってエンバークメントの角で電車を降り、そこでいつも、見目のよい若者と落ち合っては一緒に歩み去った。その若者の存在に、リーダー氏はぼんやりとした納得を感じていた。彼が健全な心の持ち主で、バラの花束にシダの葉が添えられているのを好み、ソーサーのないコーヒーカップに違和感を覚えるということ以外、そのことに特別な理由はない。

そんな自分が、ベルマン嬢にとって興味と好奇心の対象になっていることなど、彼は夢にも思っていなかった。

「あの人がリーダーさんなのよ――警察の関係者だと思うわ」と彼女は言った。

「J・G・リーダー氏だって？」

ロイ・マスターは好奇心に駆られて、おっかなびっくり急ぎ足で通りを渡る中年男を振り返った。一風変わった帽子を頭に載せ、騎兵隊員の剣のように雨傘を肩に担《かつ》いでいる。

「何てこった！　あんな男だとは思ってもみなかったな」

「どういう人なの？」自分が抱える問題から気を逸らして、彼女は尋ねた。

「リーダーかい？　公訴局長官の事務所にいる人物で、探偵のようなものかな――先週、彼が証言をした裁判があったよ。かつてはイングランド銀行の事件に関わっていて――」

マーガレットが不意に足を止めた。驚いたロイが彼女に目を向ける。

「どうしたんだい？」

「これ以上先は一緒に歩きたくないの、ロイ」彼女は答えた。「昨日、あなたと一緒にいるところをテルファーさんに見られたのよ。そのせいで、あの方、ひどく機嫌が悪くて」

「テルファーが？」若者は憤りも露わに言い放った。「あの腰抜けが！　やつが何を言ったんだ？」

「これといって別に」彼女はそう答えたが、その口調から、〝これといって別に〟が少しばかり不愉快な出来事であったことを若者は察した。

「テルファーズを辞めようと思うの」思いもかけない言葉が返ってきた。「いい仕事よ。こんな仕事はほかにないと思う――つまり、お給料に関しては、っていう意味だけれど」

ロイ・マスターは嬉しさを隠そうともしなかった。

「大いに結構じゃないか」活き活きとした声で答える。「あんなお上品ぶった環境に、どうしてきみがこんなに長く耐えられるのか、ぼくには想像もできないからね。やつは何て言ったんだい？」再びそう問いかけたものの、相手が答えもしないうちに、彼はまた話し始めた。「いずれにしても、テルファーズは怪しいよ。シティ（市長と市会が自治を行う英国の金融・商業の中心地）では、あの会社に関して奇妙な噂があれこれ流れている」

「でも、結構裕福な会社だったはずよ！」マーガレットは驚いて言い返した。

　ロイは首を振る。

「確かにね――でも、連中は、かなりおかしなことに手を出している――シドニー・テルファーみたいな間抜けが企業のトップに立っているんだ。そんな会社に何が期待できる？　去年、連中は、どんな証券会社も手を出さないような会社の株を三社分も引き受けたんだよ。そして結局は、それを買い取らなければならなくなった。そのうちの一社なんて、三百年も前に沈んだスペインのガリオン船を引き揚げる宝探し会社なんだ！　でも、真面目に、昨日の朝は何があったんだい？」

「今夜、話すわ」彼女はそう答え、急いで別れを告げた。

　彼女が事務所に足を踏み入れたとき、シドニー・テルファー氏はすでに出社していた。贅沢な調度品、柔らかなカーペット、上品な備品が揃ったその部屋は、ロイ・マスターの描写とはまったく異なるものだった。

　テルファーズ合同会社の社長が、スレッドニードル・ストリートにある本社を訪れることはめったにない。彼曰《いわ》く、ここの雰囲気には気が滅入ってしまうそうだ。まったくもって忌まわしく、下品でみすぼらしい、ということらしい。会社の創設者である祖父は、シドニーが生まれる十年前に、事業を息子に託して亡くなった。慢性的に病弱であったその息子も、シドニーの誕生数週間後にこの世を去っている。変わり者の母親が突発的に口を出してきたにもかかわらず、管財人たちの手によって事業は発展してきた。母親の変人ぶりは、十六歳の少年に賢明にも課せられていた大方の拘束を解く旨《むね》の遺言で、頂点に達していた。

ステンドグラスと贅沢な家具で飾られた部屋は、立派に身なりを整えているテルファー氏にはぴったりだった。長身で、痛々しいほど痩せているため、異常なほど小さな頭は目立たない。娘が部屋に入って来たとき、彼は上質のキャンブリック地のハンカチーフで弱々しく鼻をかんでいるところだった。これまでにないほど青白い顔をしていると娘は思った――それに、これまで以上に不快な感じを与えるとも。

男はぼんやりと娘の動きを目で追っていた。そして、彼女が手紙類を机の上に置くと、やっと声をかけた。

「ねえ、ベルマン君、わたしが昨夜話したことには、何の返事ももらえないのですか?」

「テルファー社長」娘は落ち着いた声で答えた。「その件について話し合う気など、わたしにはまったくありません」

「わたしはきみと結婚する。ただ……母の遺言状が――」男はちぐはぐなことを話し始めた。「それも克服できるだろう――いずれは」

娘はテーブルの端に手をかけて立っていた。

「テルファー社長、たとえお母様の遺言に何の条項もなかったとしても、わたしがあなたと結婚することなどありません。あなたと一緒にアメリカに逃げるだなんて――」

「南アメリカだよ」男はきっぱりと訂正した。「合衆国ではない。合衆国などという指示はどこにもなかった」

娘はまだ、辛《かろ》うじて笑みを浮かべることができた。目の前の若者のぼんやりさ加減は、自分の人生を勝手に決めつける驚くべき提案ほど、腹立たしくはなかったからだ。

「問題は――」男は不安げに続けた。「このことは秘密にしておいてくれるよね？　一晩中、心配でたまらなかったんだ。ぼくの考えに対するきみの意見をメモにして渡してくれと、きみには言ったが――いいや、だめだ！」

今度ばかりは娘も微笑《ほほえ》んだ。しかし、彼女が答えるよりも先に男は先を続けた。時々裏返ってキーキー声になるくらいの甲高い早口だ。

「きみは本当に綺麗で、ぼくはきみに夢中なんだ。でも……ぼくの人生には悲劇が居座っている……そうなんだ。まったくもって恐ろしい悲劇だよ。何もかもがぐちゃぐちゃだ。もし、少しでもまともだったら、目の利く男でも雇い入れていたのに。今ごろそんなことを考えているんだ」

ろくに口もきけず、おこがましくも彼女に目を向けることさえできなかった若者が、この二十四時間で二度も内緒事をまくしたて、相手を驚かせ愕然とさせる計画についてしゃべっている。しかし突然、話をやめ、近視の目を拭うと、いつもの声で命じた。

「電話でビリンガムを呼んでくれ。話があるんだ」

タイプライターのキーに忙しく指を走らせながらも、彼女はほかのことを考えていた。男の動揺と口数の多さが、世に噂されているテルファーズ合同会社の〝ぐらつき〟とどのくらい関係しているのだろうかと。

ビリンガム氏がやって来て、ひっそりと雇い主の部屋に滑り込んだ。生真面目な顔をした小男で、頭は禿げている。余計なことは言わない男だ。その外見にも態度にも、大胆な犯罪を企てている気配は微塵《みじん》もなかった。ずんぐりと言っていいほどの恰幅で、常にしかめ面《つら》をしているにもかかわらず、年齢による皺もない丸々とした顔は、善人という印象を与えていた。

しかし、テルファーズ合同会社の専務取締役であるスティーヴン・ビリンガム氏はその午後、ロンドン・アンド・セントラル銀行に赴き、十五万ポンドの持参人払い小切手を差し出した。期日を満たした、クレジット・リロイズ宛ての小切手だ。用向きの詳細については事前に電話を入れておいたので、おのおのぎっしりとフラン紙幣が入った包みが十七個と、百四十六枚のポンド紙幣が詰まった小ぶりの包みが一つ、用意されていた。一フランが〇・七四五五ポンド。彼は、クレジット・リロイズ宛てのもう一枚の小切手、八万ポンド分と引き換えにその十八個の包みと、さらに、ロンドン・アンド・セントラルから引き出した十五万ポンドを受け取った。

その後のビリンガムの行動についてはほとんどわかっていない。チープサイドでタクシーに乗っている姿が知人によって目撃されている。そのタクシーがチャリング・クロスまで行ったのは確認された――しかし、そこで彼の消息は途絶えている。空路も水路も使われた形跡はない。団体旅行客を乗せたル・アプール経由パリ行きの午後の列車で立ち去ったのではないかと、警察は睨んでいた。

「ここ数年でも最大の横領事件だな」公訴局の副長官は言った。「何とか調査に潜り込んでくれれば嬉しいんだが、リーダー君。警察の守備範囲に立ち入ってはならない――殺人事件ならまだ愛想もいいんだが、金がらみの事件となるとぴりぴりしているからな。シドニー・テルファーに会いに行ってくれないか」

幸運なことに、シドニーはシティの外れで見つかった。街の中心部から離れたオフィスを訪ねたりーダー氏は、見覚えのある顔に迎えられた。

「失礼ですがお嬢さん、あなたにはお目にかかったことがあるようですね」若い娘は、小さな木製の門をあけ、相手を中に招き入れながら微笑んだ。

「リーダーさんでいらっしゃいますよね？　わたしたち、同じ通りに住んでいるんですよ」娘はそう答えたが、素早くつけ加えた。「ビリンガムさんのことでいらしたんですか？」

「そうです」亡くなった友人のことでも話しているかのような、ひっそりとした声だった。「テルファーさんにお会いしたいんです。でも、ひょっとしたらあなたが、少しばかり情報を提供してくれるかもしれません」

　しかし、彼女から知り得た事実はわずかだった。シドニー・テルファーが朝の七時からずっとオフィスにいたこと。現時点では倒れんばかりの状態で、彼女が医者を呼びつけたということだけだ。

「お会いできる状況かどうかわかりませんわ」彼女は答えた。

「わたしがすべての責任を取りますから」宥《なだ》めすかすような口調でリーダー氏は追いすがった。「テルファーさんは――そのう――あなたのご友人なのですか、ミス――？」

「ベルマンです」娘の顔がさっと赤くなるのをリーダーは見逃さなかった。そこから考えられる事実は二つ。「いいえ、わたしは従業員です。それだけですわ」

　彼女の口調だけで、知りたいことの答えは十分だった。J・G・リーダー氏は、職場での人間関係についてもある種の権威なのだ。

「彼が少しばかりあなたを困らせているのですか？」相手の呟《つぶや》きに、マーガレットは訝《いぶか》るような視線を向けた。この人はいったい何を知っているのかしら？　それに、テルファー社長の常軌を逸した提案は、この災難においてどんな意味があるのか？　一連の出来事の真相について、彼女は何も知らなかった。ここは率直に打ち明けたほうがいい。

「あなたとの駆け落ちを望んだですって！　何とまあ！」リーダー氏にとっても衝撃的な話だった。

「彼は結婚しているんですか？」

「まあ、まさか――結婚なんてしていませんわ」娘はすんなりと答えた。「かわいそうに。今ではとても気の毒に思っています。残念ながら、損失はかなり大きくて――誰がビリンガムさんを怪しんだりしたでしょう？」

「ええ！　本当に！」リーダーは大げさに溜息をつき、眼鏡を外して拭いた。マーガレットにも、泣いているのかと思えるほどの仕草だった。「すぐに行ってみましょう――あのドアですか？」

シドニーはびくりと顔を上げ、入って来た人間を睨みつけた。この一時間というもの、ほとんどずっと、両手に頭を埋めて過ごしていたのだ。

「あの……何の用なんですか？」男は弱々しく尋ねた。「わ……わたしは、誰とも話なんかできませんよ……公訴局の方ですって」男の声は金切り声に変わった。「金を取り戻せないなら、あの男を訴えて何の利益があるんですか？」

リーダー氏はまず相手を落ち着かせてから、重要な質問に取りかかった。

「それについてはよくわからないんです」がっくりと肩を落として若者が答える。「ぼくはいわば、名前だけの社長ですから。ビリンガムが小切手を数枚持って来たので、サインをしました。こちらから彼に指示を出したことなんて一度もありません。彼が自分で采配をしていたんです。そのことについてはよく知りません。彼がぼくに言ったんです。ええ、本当にそう言いました――会社が傾いていると。来週までに五十万ポンドくらいの金が必要だと……まったく、何ということだ！　彼はその後、会社の金を丸ごと持って行ってしまったんです」

シドニー・テルファーは子供のように、袖口で鼻を拭《ぬぐ》った。その間、じっと待っていたリーダー氏は、最大限に優しい口調で次なる質問を切り出した。

「いいえ、ぼくはここにいませんでした。週末はブライトンに行っていたんです。警察が朝の四時にぼくをベッドから引きずり出しましたよ。会社は破産です。車を売って、クラブも退会しなければならない――破産したときには退会しなければならない規則なんです」

打ちひしがれた男から、それ以上訊き出せる話はなかった。何一つ新たに加えられた情報のない報告書を手に、リーダー氏は上官の元に戻った。一週間もしないうちに、ビリンガム氏による横領事件は、ほとんどの新聞で大きく取り上げられるようになった――ビリンガム、完全なる逃亡と。

J・G・リーダー氏のすばらしい語彙の中に、休暇という言葉は存在しない。事務所はあけたまま、下っ端職員一人に仕事を任せて、一般職員や次官たち、長官自身さえもが休暇に出るような閑散期においても。J・G・リーダー氏には、時間を無駄にするという考えが我慢ならないのだ。治安判事裁判所に席を見つけ、法廷記者たちでさえ退屈するような事件の数々にうっとりと耳を傾ける。ぽっかりと空いた時間の切れ切れを、そうやって輝かせることが彼の習慣だった。

酔っ払った挙句、警察官のトーマス・ブラウンに暴言を吐いたことで告発されたジョン・スミス。公務執行妨害の罪に問われたメアリー・ジェーン・ハジット。押し込み強盗用の道具、すなわち、常温たがねとスクリュードライバーを所持していた容疑で糾弾されたヘンリー・ロビンソン。暴走運転で通行人を危険にさらした罪に問われたアーサー・モーゼス――こうした人々のすべてが、記者団席と被告席の手すりのあいだに座る痩せた男にとっては、冒険物語や伝説の登場人物たちに匹敵するほど魅力的な人間なのだ。四角い帽子を脇に置き、両膝に挟んだ傘の柄を握りしめ、もの悲しそうな顔に驚きの表情を浮かべて、探偵は座っていたものだ。

霧のかかる寒々とした朝、職務から解放されたリーダー氏は、自らの楽しみのためにメリルボーン警察裁判所を選んだ。二人の酔っ払い、店舗強盗、一件の横領事件に、彼はすっかり心を奪われていた。そこに、ジャクソン夫人なる人物が被告席に伴われてきた。血色のよい赤ら顔の警官が証人台に進み、真実を語ること、真実以外は何事も語らないことを宣誓した上で、自らの奇妙な物語を始めた。

「ペリマン巡査、第十二管区、ナンバー九七一七」慣例どおりに自分の身分を名乗ることから始める。「本日早朝、午前二時三十分、エッジウェア・ロードで職務に当たっていたところ、大きなスーツケースを引きずる被告人を目撃しました。わたしに気づいた被告人は踵《きびす》を返し、反対方向に足早に歩き出しました。行動が不審だったため、わたしはあとを追い、追いついたところで誰の荷物を運んでいるのかと尋ねました。被告人は、スーツケースは自分の持ち物で、駅に向かっているところだと答えました。中身は自分の衣服だという話でした。クロコダイル革の高級なケースだったため、中身を見せてくれるよう依頼しましたが、被告人は拒絶しました。名前や住所の申告も拒否したため、署まで同行願いました」

続いて刑事が登場した。

「警察署で被告人と面談し、その立ち合いのもとでスーツケースをあけました。中に入っていたのは、多量の小さな石ころで——」

「石ころ？」怪訝そうな顔で治安判事が口を挟む。「小さな石のかけらという意味かね？　どういう類《たぐい》の石なんだ?」

「大理石です、閣下。被告人の話では、庭に小さな小道を造りたかったので、ユーストン・ロードにある墓石屋の作業場から持って来たそうです。門を壊して作業場に侵入し、墓石屋の許可もなくスーツケースに石を詰め込んだと、被告は素直に認めています」

治安判事は椅子の背に身を預け、眉間にしわを寄せながらまじまじと起訴状を見つめた。

「名前は別にしても住所がないな」

「申告の住所は偽りでした——それ以上、何も明かそうとしません」

J・G・リーダー氏は座ったまま身をよじり、あんぐりと口をあけて被告人を見つめた。長身で、肩幅の広い太り肉《じし》の女。被告人席の手すりに載せられた手は、これまでに見た女たちの手の二倍はありそうだ。顔も大きく、人好きのしない表情をしているが、大造りながらも整った顔立ちをしていた。深く窪んだ茶色の目、どっしりとした風格のある鼻、形のよい口、割れた顎——女性美にこだわる人間にとっては少しも魅力的な横顔ではないが、公正な人間であるJ・G・リーダー氏は、見目のよい女だと思った。話し始めた女の声は、男のように朗々と力強く響いた。

「ばかなことをしたと思います。でも、寝ようと思ったちょうどそのとき、ある考えが閃いて、そのままその衝動に従ってしまったんです。石を買うお金はありました——捕まったとき、札入れに五十ポンド以上は入っていましたから」

「そうなのかね?」刑事がその問いに答えると、治安判事は疑わしげな目を女に向けた。「名前も住所もおっしゃらないことで、あなたはわたしたちに大変な手間を与えています。愚かな泥棒行為をご友人に知られたくないという気持ちは理解できます。しかし、お話しいただけないとなると、一週間は再拘留しなければならなくなるんですよ」

はっきり言って、身なりのいい女だった。指には、リーダー氏の値踏みで二百ポンドはするだろうダイヤモンドが輝いている。〝ジャクソン夫人〟は、彼の目の前で首を振った。

「住所は言えません」その答えに、治安判事がすんなりと頷く。

「取り調べのために再拘留」そう判決を下し、被告席を降りる女を見ながらつけ加えた。「彼女の精神状態について、刑務所医からの報告がほしい」

J・G・リーダー氏は慌てて立ち上がり、女と担当刑事が、独房に続く小さなドアを抜けて行くあとを追った。

廊下に出たときには、〝ジャクソン夫人〟の姿はすでになかった。しかし、担当刑事が大きく立派なスーツケースの上に身を屈めていた。法廷で提示され、今は木製のベンチに置かれているケースだ。犯罪捜査課の外回りをしている職員なら、大抵、J・G・リーダー氏を知っている。ミルズ刑事も愛想よく笑いかけてきた。

「この事件をどう思います、リーダーさん？　わたしにとっては前代未聞ですよ！　墓石彫りが押し入られたなんて聞いたことがない」

刑事がスーツケースの蓋をあけた。リーダー氏は大理石のかけらに指を走らせた。

「ケースと盗品で百ポンド以上はありますよ」と刑事。「こんなものを運べるなんて、あの女、土方《どかた》なみの力持ちなんだろうな。これを署に運び込んだ警官はかわいそうに、到着したときには汗だくでしたよ」

J・G・リーダー氏はスーツケースを調べた。なかなかよい代物《しろもの》で、蝶番《ちょうつがい》と鍵の部分は燻銀《いぶしぎん》製だ。

内側に製造者の名前はなく、光沢のある蓋部分にも持ち主のイニシャルはない。裏張りはシルクだったのだろうが、今ではぼろぼろに裂けて、大理石の粉で白く汚れている。

「ふむ」リーダー氏はぼんやりとした顔で呟いた。「非常に面白い――まったくもって。お伺いしても差し支えないでしょうか？　取り調べをしたときに、そのう――何か書類のようものは――？」刑事は首を振った。「それでは、普通とは異なる持ち物とかは？」

「これだけなんですよ」

ケースの脇に置かれていたのは、ひと組の大きな手袋だった。これもまた汚れていて、表面に無数の切り傷がついている。

「同じ目的でたびたび使われていたようですね」とリーダー氏。「どうやら、あ――――大理石屑の収集でもしているようです。札入れの中にも何も？」

「銀行券だけです。裏にセントラル銀行のスタンプが押してありました。そちらの方は簡単に裏が取れるでしょう」

リーダー氏は事務所に戻った。部屋の鍵をかけ、引き出しからひと組のカードを取り出して一人トランプを始める――考え事に集中したいときの、彼独特の方法だった。午後遅く、電話のベルが鳴り、聞き覚えのあるミルズ刑事の声が聞こえてきた。

「お邪魔しに行ってもいいですか？　ええ、あの銀行券のことです」

十分後、刑事本人が姿を現した。

「銀行券は、三カ月前にテルファー氏宛てに発行されたものでしたよ」前置きもなしに、刑事は話し始めた。「そしてその後、彼の家政婦であるウェルフォード夫人に与えられています」

「はあ、そうでしたか」リーダー氏はぼんやりと答えたが、よくよく考え込んでからつけ加えた。「何と、まあ！」

唇を強く引っ張っている。

「で、〝ジャクソン夫人〟がその女性というわけですか？」

「ええ。再拘留中だと伝えると、テルファーは――かわいそうな小男ですな――気も狂わんばかりに取り乱して、身元確認のためにタクシーでホロウェイに飛んで行きましたよ。治安判事が保釈を認めましたから、明日にも釈放されるでしょう。テルファーは、子供のように泣きごとを並べていました――彼女は気がおかしくなっているんだとか、何とか。まったく！　あの男は彼女を怖がっているんですよ――ホロウェイ刑務所の控室にやつを連れて行ったときのことですが、彼女にひと睨みされただけで縮み上がっていましたから。ところで、ビリンガムに関して、あなたの興味を引きそうな情報を仕入れたんですがね。あの男とテルファーの秘書が非常に親しい関係だったというのはご存知ですか？」

「本当ですか？」この情報は確かにリーダー氏の興味を引いたようだ。「非常に親しい関係？　これは、これは！」

「警視庁はベルマン嬢を監視させています。何の関係もないのかもしれませんが、ビリンガムのケースのような場合、〝シェルシュ・ラ・ファム！（事件の陰に女あり）〟というのはよくあることですから」

リーダー氏の手は唇から離れ、今はゆったりと鼻を摩《さす》っていた。

「これは、これは！　フランス語の文句ですね？」

大理石泥棒が治安判事から厳しい訓戒を受け、釈放されたとき、J・G・リーダー氏は法廷にはいなかった。彼にとっては、女が墓石屋に代金を払い、リージェンツ・パークの外側周回道路《アウター・サークル》沿いにあるかわいらしい一戸建ての家に、得意げな顔で大理石のかけらを持ち帰ったことを知るだけで十分だった。その日の午前中、彼はサマセット・ハウス（戸籍本庁などが入った建物）で遺言書の写しなどを調べて過ごした。午後からは、レベッカ・アラムビー・メアリー・ウェルフォード夫人の経歴を調べることで時間を費やした。

彼女は、エディンバラ大学のジョン・ウェルフォード教授の未亡人だった。結婚後、たった二年で夫に先立たれている。その後、シドニーの母親であるテルファー夫人のもとで働き始め、少年が四歳のときから、ただ一人の世話役に納まっていた。テルファー夫人が亡くなったとき、故人は彼女を幼い息子の唯一の後見人に定めていたのだ。そういうわけでレベッカ・ウェルフォードは、若者の乳母であり、後見人でもあった。そして今は、テルファー家をも管理している。

その家はリーダー氏の興味を大いに引きつけるものだった。赤レンガ造りのモダンな二階建て住宅で、周回道路と脇道に面して建っている。この季節には何の花も咲いていないが、建物の裏と側面に大きな庭を備えていた。今は、冬に備えてきちんと手入れがなされたあとなのだろう。庭の奥に、大きな温室が建てられていた。

木の柵に寄りかかり、フェンスを所々覆う柘植《つげ》の生け垣越しにぼんやりと庭を眺めていると、家のドアがあいて大柄な女性が外に出て来た。二の腕をむき出しにしたエプロン姿だ。片手に屑かご。彼女はそれを、目立たない位置に置いたごみ箱に空けた。もう一方の手には、柄の長い箒《ほうき》を持っている。

リーダー氏は急いで見えない場所に身を隠した。やがてドアが音をたてて閉まると、また内部を覗き込む。大理石が敷かれた小道は存在しない。すべて、砂利をローラーでならした道ばかりだ。

近くにある電話ボックスに移動し、事務所に電話を入れる。

「今日は終日、外出の予定です」そう報告を入れた。

シドニー・テルファーがいる気配はない。しかし、彼が在宅していることはわかっていた。

テルファーズ合同会社は清算人の管理下に入り、債権者を集めた一回目の話し合いがすでに持たれていた。周知のごとく、シドニーはずっと寝込んでおり、その安全な避難所から秘書に宛てて依頼の手紙を書いている。〝自分の個人的な事柄に関する書類はすべて〟焼却するようにと。走り書きのような追伸が添えられていた。「ぼくが出ていく前に、仕事上のことで一度会えるだろうか？」。〝出ていく〟という言葉が塗りつぶされ、〝引退する〟に書き変えられていた。リーダー氏はその手紙に目を通していた――実際、シドニー個人から会社に至るまですべての通信文書が、清算人との申し合わせによって、彼のもとに届けられていたのだ。J・G・リーダー氏が、サークル九〇四番地の家にこれほど興味を持った理由には、そういう事情が一部あった。

大きな車が門前に止まったのは夕暮れ時だった。運転手が降りて来るよりも先に九〇四番地の家のドアがあき、シドニー・テルファーが転がるように走り出て来た。両手にスーツケースを持っている。リーダー氏は、自分に近いほうのケースがその持ち手から、以前家政婦が盗んだ大理石を入れて運んでいたのと同じものであると気がついた。

お抱え運転手が手を伸ばして車のドアを支え、スーツケースを中に放り込む。シドニーも大急ぎで乗り込んだ。ドアが閉まり、車はサークルのカーブを曲がって見えなくなった。

リーダー氏は通りを渡り、正面の門に近い位置に陣取って待ち構えた。

夕暮れが迫り、リージェンツ・パークから霧が押し寄せてきた。ホールに灯るかすかな照明以外明かりはなく、家は闇に包まれている。何の物音もしない。女はまだ中にいる――シドニー・テルファー夫人――乳母であり住み込み家政婦であり後見人、そして妻でもある女。シドニー・テルファー夫人。テルファーズ合同会社の陰の支配者。二十歳も若いか弱い男と結婚しただけでは飽き足らず、自分ではまったく理解できない商売に能力もないくせに支配風を吹かせ、結局はその事業を破滅に追いやった横柄な女。リーダー氏は公文書館で実に有意義な時間を過ごしていたのだった。結婚証明書の写しは、遺言状の写しと同様、しごく簡単に手に入った。

彼は心配そうに辺りを見回した。霧が晴れてきている。極力人目につきたくない行為に出ようとしている彼にとっては、実に望ましくない状況だ。

驚くべきことが起こったのは、そのときだった。タクシーがゆっくりと近づいて来て、門の前で止まった。

「ここだと思いますよ、お客さん」ドライバーの声が聞こえ、若い娘が舗道に降り立った。

マーガレット・ベルマン嬢だった。

リーダーは、娘が料金を払い終え、タクシーが走り去るまで待った。そして、彼女が門に向かい始めた途端、物陰から姿を現した。

「まあ！　リーダーさん！　びっくりしましたわ！」娘は息を呑んでいる。「テルファー社長に会いに来たんです――あの方、ひどく具合が悪くて――いいえ、七時に来てくれという手紙を書いて寄こしたのは、あの方の家政婦さんですけれど」

「今度はそんなことを！　結構、わたしがベルを鳴らして差し上げましょう」

娘はそんな必要はないと言った――手紙と一緒に家の鍵をもらっているのだという。

「テルファー社長が看護婦をそばに置くのを嫌がるものですから、家の中にはお二人だけなんです。だから――」

「声を下げていただけますか、お嬢さん？」リーダー氏は相手を急かしながらも、どきりとするような囁き声で言った。「無礼をお許し下さい。でも、わたしたちの友人が、もし病気なら――」

彼女は初めて、探偵の切迫した様子にぎょっとしたようだ。

「あの方には聞こえませんわ」そう言いながらも、声を落とす。

「聞こえるかもしれませんよ――病人というのは、人の声に神経質になりますから。教えていただけますか？　その手紙というのは、どんなふうにして届いたんです？」

「テルファー社長からの手紙ですか？　一時間前に、地区の配達人が持って来てくれたんです」

この家に来た者も、出て行った者もいない――シドニーを除いては。そして、恐怖で理性を失ったあの男なら、妻からのどんな指示にでも従うだろう。

「それで、その手紙にはこんなふうに書いてあったんですか？」リーダー氏は一瞬、考え込んだ。

「〝この手紙を一緒に持って来るように〟とか？」

「いいえ」娘は驚いて答える。「でも、ウェルフォードさんが電話をしてきて、手紙が届くから待っているように言ったんです。そして、こちらに来るときに持って来てくれと。テルファー社長の個人的な手紙が、その辺に置きっ放しにされるのが嫌だったんですわ。でも、どうしてそんなことをお訊きなりますの、リーダーさん？　何か、よくないことでも？」

探偵はすぐには答えなかった。門を押しあけ、小道と平行する芝生の上を音もなく進む。

「ドアをあけてください。わたしも一緒に参りますから」彼は囁いたが、娘は躊躇《ためら》っている。「お願いですから、わたしの言うとおりにしてください」

鍵を差し込む手が震えている。しかし、やっと錠が回り、ドアが跳ねるようにあいた。広々としたパネル張りのホールにあるテーブルの上で、小さな常夜灯が灯っている。左手の、ほんの数段だけが辛《かろ》うじて見える階段の裾近くに、あいたままになっている小さなドアが見えた。リーダー氏が数歩近づいてみると、小ぢんまりとした電話室だった。

そのとき、上の階から声が響いた。彼もよく知っている、深く轟くような声だ。

「ベルマンさんなの？」

マーガレットは心臓をどきどきさせながら、階段の裾に近づき、上を見上げた。

「そうです、ウェルフォードさん」

「手紙を持って来てくれた？」

「はい」

リーダー氏は、娘に触れることができる位置まで、壁沿いをにじり寄って行った。

「よかった」野太い声が答える。「医者に電話してもらえる？　サークル七四三番地。テルファーさんの具合がまた悪くなったって伝えてちょうだい。ホールに電話室があるから。ドアをちゃんと閉めてね。病人がベルの音を嫌がるから」

マーガレットが探偵を見やると、彼は頷いた。

上階《うえ》にいる女は時間稼ぎでもしたいのだろうか――でも、何のために？

娘が脇を通り過ぎた。パッドつきのドアが閉まる重い音。続いて聞こえたカチリという音に、リーダー氏は思わず振り返った。最初に気づいたのは、ドアに取っ手がないということだ。次に、鍵穴が金属製の円板で塞がれているのが目に入った。のちに、その円板にはフェルトの裏がついていることがわかった。中から、娘が何か言っている声がかすかに聞こえる。彼は鍵穴に耳を押し当てた。

「電話はつながっていません――ドアがあかないんです」

一瞬の迷いもなく、リーダー氏は傘を手に階段を駆け上がった。上階に着いた途端、ドアの閉まる音が聞こえる。発信源はすぐにわかった。ホールのすぐ向こう、左手にある部屋だ。ドアには鍵がかかっている。

「ドアをあけなさい」その言葉に戻ってきたのは、地の底から轟くような笑い声だった。

リーダー氏は雨傘の頑丈な柄を引っ張った。かちりという金属音とともに握り部分を下に向ける。手の中に、刃渡り六インチのナイフが飛び出してきた。

最初のひと突きで、ナイフの刃が薄いドア板を突き抜ける。まるで、紙に刃を立てたかのようだ。間髪を入れず、ぎざぎざとした裂け目からオートマティックの黒い銃口を押し込む。

「その容器を下ろしなさい。さもなければ、あなたのお顔を目も当てられないようなカオス状態に吹き飛ばしますよ」リーダー氏は、回りくどい脅し文句を投げつけた。

部屋には煌々と明かりが灯り、中の様子がはっきりと見えた。ウェルフォード夫人が大型の四角いじょうごの脇に立っている。その細くなった先は床の中へと消えていた。女の手にはエナメル引きの大きな金属製の容器。周りにさらに六つ、同じ容器が並んでいる。部屋の隅には大きな円筒形のタンクが置かれ、その半分ほどの高さから、太い銅製のパイプが伸びていた。

女は、表情のない、ぼんやりとした顔をリーダー氏に向けた。

「あの人は、あの女と逃げようとしたのよ」ぼそりと言う。「わたしは彼のためにやったのに」

「ドアをあけなさい！」

ウェルフォード夫人は容器を置くと、大きな手で額をさすった。

「わたしにとっては、シドニーがすべてだったの。わたしが彼を育て、教育した。船の中には――すべて金貨で――百万ポンドもの金があったのに。連中が彼から奪い取ったんだわ」

女は、テルファーズ合同会社の不運な事業について話しているのだった――会社の金を湯水のように注ぎ込むことになった、沈没船を引き揚げるという話だ。それに、正気も失っている。リーダー氏は、最初からこの傲慢な女の危うさに気づいていた。

「ドアをあけなさい。その件について話し合いましょう。あの宝船の計画なら、わたしはしごくまっとうだと思っていますよ」

「本当？」女はすがりつくように訊き返した。すぐにドアがあき、J・G・リーダー氏は死の部屋へと足を踏み入れた。

「まずは、電話室の鍵を貸していただけますか――あの女性について、あなたは勘違いをされていますよ。彼女はわたしの妻ですから」

女はぽかんと口をあけて相手を見つめた。

「あんたの妻？」顔にゆっくりと笑みが広がる。「まあ――わたしはなんてばかだったんだろう。ほら、鍵ならこれだよ」

探偵は、一緒に階下《した》に下りるよう女を説得した。脅えきった娘を救出すると、その耳元に何やら囁く。娘は飛ぶように家から駆け出していった。

「客間に移りましょうか？」探偵の提案に、ウェルフォード夫人が先に立って歩き出した。

「では、まずは、あなたがどうしてこんなことを知ったのか、教えていただけますか――あの容器のことですが?」リーダー氏は穏やかな口調で尋ねた。

女はソファの端に座っていた。膝の上で両手を組み、落ち窪んだ茶色の目でカーペットを見つめている。

「ジョンから教わったのよ――わたしの最初の亭主だけど。あの人は化学と自然科学の教授だった。電気溶鉱炉についても詳しかったの。動力があれば造るのは簡単なのよ――この家では、暖房でも何でも電気以外は使っていないし。そのうち、かわいそうな亭主がわたしのせいでだめになっていくのがわかってきた。銀行にどのくらいの金があるのかもね。だから、ビリンガムに言ったのよ。シドニーに気づかれないように、その金を引き出して持って来るようにって。彼は夕方ここにやって来た。シドニーは外出させておいた――たぶん、ブライトンだったと思うわ。すべて、わたしがやったのよ――電話室に新しい鍵をつけ、天井からその部屋に換気用の導管を通して――窓を全部あけて、床の上で電気扇風機を回せば、何でも吹き散らすのは簡単だった――」

警察が地区担当医と一緒に駆けつけたとき、彼女は、温室の中に造った簡易溶鉱炉について話していた。そして、これからは誰も、シドニーのネクタイにアイロンをかけたり、シャツを差し出す人間がいなくなることを嘆いてすすり泣きながら、連行されていった。

リーダー氏は刑事を小さな部屋へ導き、中の様子を見せた。

「このじょうごが電話室につながっているんです――」彼は説明を始めた。

「でも、容器はからじゃないか」刑事が口を挟む。

J・G・リーダー氏はマッチを擦り、ゆらゆらと炎が燃え立つのを待って、容器の中に差し入れた。

縁から半インチも下がらないうちに炎は消えた。

「一酸化炭素ですよ。大理石のかけらをシアン化水素酸の溶液に浸すことで作り出せます——タンクの中に混合物が入っています。ガスは無色無臭——しかも比重が重い。水のように容器から注ぎ出せます。彼女は、大理石を買うこともできましたが、疑惑を招くのを恐れたのでしょう。ビリンガムはそんなふうに殺されたんです。彼を電話室に誘導し、相手を中に閉じ込めたまま、たぶん彼女が自分でドアを閉めた。そして、苦痛を与えることなく相手を殺害した」

「でも、死体はどうしたんです?」驚いた刑事が尋ねる。

「温室を見に行ってみましょうか」リーダー氏は言った。「恐ろしい光景を見ないで済むことを祈って。まあ、電気溶鉱炉なら、ダイヤモンドでも構成原子にまで溶かしてしまうでしょうけどね」


リーダー氏はその夜、ざわざわと落ち着かない気分で帰宅した。そして、ブロックリー・ロードにある自宅の大きな書斎で、一時間も行ったり来たりと歩き回った。

心の中で繰り返し、極めて重大な問題について考えていたのだ。マーガレット・ベルマンのことを自分の妻などと言ってしまった。そのことを、彼女に謝るべきだろうか?

5　究極のメロドラマ

トミー・フェナローの怪しげな店への手入れを計画し、突入部隊のメンバーを除いてすべての手筈《てはず》を整えたのはリーダー氏だった。トミーは、ゴールダーズ・グリーンに信用のおける客だけが訪ねる倉庫を持っており、一ポンドのトレジャリー紙幣（英国で一九一四〜二八年に発行された紙幣）を百枚で七ポンド十シリング、千枚だと七十ポンドで購入していた。トミーの紙幣と大蔵省発行の紙幣を区別できるのは専門家だけだ。茶と緑のまっとうな色合いだったし、ナンバーは連番、紙も正規のものを使用していた。それらの紙幣は、ドイツで千枚三ポンドで印刷されていたから、トミーは莫大な利益を生み出していたことになる。

自分の自由時間にトミーの倉庫を突き止めていたリーダー氏は、上司である公訴局長官に報告した。ホワイトホールからロンドン警視庁までは歩いて二分。その情報は、あっと言う間に警察側にも伝えられた。

「グレイアッシュ警部を連れて行って、きみは手入れを監督したまえ」長官はそう指示を出した。

リーダー氏は、その警部に突入部隊の人選についてはすべてまかせていた。そして、その大成功間違いなしの計画について知らされた警官たちの中に、国からもらう金よりも、後ろめたい交友関係から得る金のほうがはるかに多い刑事が交じっていたのだ。この刑事が、手入れのことをトミーに〝ばらした〟。結果、リーダー氏とそのすばらしき配下の面々がゴールダーズ・グリーンに到着したときには、トミーは三人の友人たちと静かにオークション・ブリッジを楽しんでいるところで、発見されたトレジャリー紙幣も正真正銘の本物ばかりだった。

「残念ですねえ」通りに戻ったJ・Gは溜息をついた。「まったくもって残念です。ウィルショアー刑事がメンバーに入っているとは夢にも思っていなかったものですから。彼は――そのう――あまり誠実な人間とは言えませんからね」

「ウィルショアーですって?」警部は驚いて尋ねた。「彼がトミーに〝ばらした〟とでも言うんですか?」

リーダー氏は鼻を擦りながら、そう思っていると静かに答えた。

「様々な方面から巨額の収入を得ている男ですからね――ちなみに彼は、ミッドランド・アンド・ダービーシャー銀行と取引があるのですが、口座の名義は細君の旧姓になっているんですよ。念のためにお伝えしておきましょう――まあ――役に立つかもしれませんから」

確かにその情報は、不実なウィルショアーを即刻警察から追い出すためには大いに役立った。しかし、不敵な別れ言葉を残したトミーを捕えるためには、何の役にも立たなかった。「確かにあんたは賢いよ、リーダー。でも、おれを捕まえるためには、その上〝ラッキー〟じゃないとな!」

トミーはしばしば、こうした気の利いた台詞《せりふ》を吐く男だった。彼にとっては誇りに思っても当然の対決だったのだろう。J・G・リーダー氏と対決してうまく逃げおおせる〝贋金使い〟など、めったに存在しないのだから。

「おれにとっては千ポンド――いや、一万ポンドの価値はあるな!　あのJ・Gをやり込めるためなら、そのくらいの金はどうってことはない。そうさ、あの老いぼれが！　警察は、もう一度おれをムショにぶち込もうとすることに二の足を踏むようになるだろう。あの手入れには、そのくらいの反動があったはずさ。警察本部にとってJ・Gの名はヨナ（凶事をもたらす者の意）なんだ。もし、おれが、それを助長できるなら、奴の名は地に落ちることになる！」

　フェナロー氏は、選ばれし（下宿人でもある）客、ラス・ラル・パンジャビに、奇妙な成り行きからこの話を語っていた。

　良いワインというものは、その生産地で最もおいしく飲めるものだ。ヘレス・デ・ラ・フロンテーラ（スペイン南西部の都市）では何の差し障りもなく樽からシェリーを飲んだ人物が、ボトル入りの同じ酒をフリート街で飲むとひどく悪酔いをすることがある。エジプト煙草が、カイロのホテルのラウンジで燻らせるときに、最も高い芳香を放つのと同じことだ。

　しかし、犯罪となると、これほどわかりやすいものではない。真面目に努力し、大陸のやり方に従う限り、アメリカ人の金庫破りがフランスで成功することはあり得る。ヨーロッパ人の泥棒が東洋の国々で正当な稼ぎを得るのも可能だろう。しかし、東洋人がヨーロッパの暗黒社会の複雑さに適用しようとする姿ほど、痛ましいものはない。

　ラス・ラル・パンジャビは、地元民としてはインドが生んだ最も賢い犯罪者というインド警察内での評判を楽しんでいた。プーナ（インド中西部の都市）刑務所に短期間いたことがあるが、それ以外に投獄されたことはない。そして、その短い投獄のあいだ、彼の釈放を願う人々が寺に詣でたという事実も、地元での彼の名声の成せる業だった。彼が有罪になることはないようにという人々の願いは完全にかなえられた。ただし、警察長官の旦那《サーヒブ》に対する堅い誓いについては別だったが――いずれにしても、旦那たちというのは堅く結束し合っているものだし、彼を有罪としたのもヨーロッパ人の裁判官だった。

彼は、宝石泥棒を専門とする、ありきたりの犯罪者だった。見目のよい、紳士風の容貌で、横分けにした艶やかな黒髪が、片方の眉の上でくるくるとカールしていた。英語、ヒンドゥースタンニー語、タミル語が堪能で、法律に関してもだいたいの知識を有している（彼の名刺には〝L．L．B（法学士）のなりそこない〟と記されていた）。そして、宝石に関しては非常に詳しかった。

ラス・ラル・パンジャビ氏がプーナにいた短いあいだに、スミスという決してロマンチックとは言えない名前の警察長官の旦那が、不美人ではあるが大金持ちの娘と結婚した。スミスの旦那にはわかっていたのだ。美しさなど表面的なものでしかなく、その娘が優しい心の持ち主であることを。その優しさこそ、宝冠を飾る装飾品として望ましいものだということは広く言われている。それは、正真正銘の恋愛結婚だった。娘の父親はカルカッタに黄麻《ジュート》工場を持っていて、総督の舞踏会のような晴れがましい催しに、彼女は多額のルピーを持参して出席していたのだ。しかし、どれほど金持ちの人間でも、その個人の資質ゆえに愛されることもあるのだ。

ラス・ラルは、件《くだん》の女性の持ち物であった二連の真珠のネックレスに対して行った行為が不首尾に終わったことで投獄された。自由の身になって、スミスの旦那がそのきらびやかな娘と結婚し英国に戻ったことを知ると、彼はごく当たり前に、スミスの旦那に対する苦々しい思いと憎しみを、まったく個人的な動機にすり替え、復讐を誓った。

現在のインドでは、どんな人間の仕事も、その使用人の仕事と言うことができる。英国人やアメリカ人の宝石泥棒が少額の金を使って行う予備調査も、ほんの数アンナ（インドの旧貨幣単位。十六分の一ルピー）で事足りてしまう。英国にやって来たラス・ラルはしかし、この点における重要な部分を見落としていた。

ラス・ラルが〝不審な人物〟という月並みな容疑で逮捕されたとき、スミス夫妻、すなわち旦那と奥さまは街を離れていた。ちょうど、ニューヨークへ向かう旅の途中だったのだ。ラスはスミス家の執事をつけ回し、酒場へと誘い込んだ。そして、〝スミス長官夫人〟が宝石類を保管している部屋、場所、引き出し、金庫、小物入れ、小箱などについて訊き出すために、結構な額の金を提示したのだ。宝石類は奥さまのベッドの下に隠されているはずだと、自分の兄弟と賭けをしている。いくら名目上とは言え、そんなことを尋ねる言い訳としては工夫のかけらもなく、嘆かわしいほどだ。ビールは大好きだが誠実な人間であった執事は、警察に通報した。ラス・ラル及びその友人兼助手のラムは逮捕され、治安判事の前に引き出された。J・G・リーダー氏が事件の記録に目を留め、自分の資料からその男の暗い過去について重要な事実を提示することがなければ、彼らはそのまま釈放されていたはずだ。しかし結果的には、その情報提供のせいで、ラス・ラル氏は六カ月の苦役に送り込まれることになった。しかし、その事実以上に彼が怒り狂っていたのは、自分の不名誉な失敗がインド中に知れ渡ってしまったに違いないと思えることだった。

　ワームウッド・スクラッブズ刑務所の孤独な独房の中で、彼は思い悩んでいた。インドの人々は自分のことをどんなふうに思うことだろう？——業界では物笑いの種になるはずだ。彼自身の表現によれば、〝どうにもならない凡人中の凡人〟といった具合に。当然のことながら、彼の憎しみはスミスの旦那からJ・G・リーダー氏に切り替えられた。その恨みたるや、生半可《なまはんか》なものではなかった。リーダーの旦那の、箸にも棒にもかからない無価値さを思えばなおさらのことだ。女々しい老いぼれ、卑劣な密告者、そのほか、とても言葉では言い表せないようなものにしか結びつかない相手なのだから。刑務所にいた六カ月間で、彼は、容赦のない徹底的な復讐方法を練り上げた。

釈放されたとき、彼はまだインドに戻る時期ではないと判断した。J・G・リーダー氏とその習慣について、あれこれ調べる必要があったのだ。時間の余裕が持てて、楽しみながら仕事ができるくらい、十分な金も欲しかった。

ワームウッド・スクラッブズにいるあいだ、トミー・フェナロー氏は、東洋から来た紳士と接触を持つことの意味を見出していた。ラス・ラルが釈放されたとき、スクラッブズの門で待ち構えていた豪勢なリムジンは、トミーが借りつけたもので、彼自身もその中に乗り込んでいた。彼は抜け目のない商売人で、ドイツの印刷業者から、いとも簡単に莫大な利益を生み出せる百ルピー紙幣の新しいビジネスについて持ちかけられていたのだ。

「一緒に来て、おれ持ちの費用で滞在してくれよ」ちびで小太り、パグ犬のように目の飛び出した、情け深いトミーは言った。「老いぼれリーダーには、まったくひどい目に遭ったもんだな。仕返しの方法を教えてやるよ。何のリスクもない上に、九十パーセントの利益率だ。よく聞けよ、相棒――」

売るための贋金を持っているのは、決してトミーではなかった。贋金を売るのは常に、ミステリアスな〝友人〟だ。

そのような経緯《いきさつ》で、ラスは、正真正銘の大金持ちであるフェナロー氏が所有する土地の一画にあるサービス・フラット（清掃・食事のサービスつきアパート）に住むことになった。その数週間後、トミーは因縁の敵《かたき》を迎え撃つため、セント・ジェイムズ・ストリートを渡った。

「おはようございます、リーダーさん」

J・G・リーダー氏は立ち止まって振り向いた。

「これはこれは、おはようございます、フェナローさん」フロックコートと角ばったつま先の靴によく似合う、いつもの善意的な気遣いを見せて彼は答えた。「あなたがまた世間に出られたと知って嬉しいですよ。今度こそ、真の才能にふさわしい――ああ――もっと合法的なお仕事を見つけていただけると信じていますからね」

トミーは怒りで顔を赤くした。

「おれが〝ムショ〟にぶち込まれなかったのは、あんたもわかっているだろう、リーダー！　あんたの努力不足だったせいじゃないさ。おれを捕まえるためには賢さ以上のものが必要なんだ――運がないとだめなんだよ！　おれが捕まるようなことをしているからじゃない――あんたもよくわかっているとおり、おれは生涯、曲がったことなんか、一度もしたためしはないんだからな」

あまりにもカッとし過ぎて、当初目論んでいた軽いジョークのやり取りなど、すっかり頭から滑り落ちてしまったようだ。

トミーはラス・ラルと会う約束をしており、その結果はしごく満足のいくものだった。ラス・ラル氏はその夜、催された集まりでひどく窮屈な思いをしていたのだが、そこで、この新しい友人と会うことになっていたのだ。

「ここは、あの老いぼれリーダーには絶対に踏み込まれない場所だ」トミーは自信たっぷりの口調で言った。「もし、そうなったとしても、やつには何も見つけられない。あいつがここに足を踏み入れる前に、物《ぶつ》はさっさと持ち出されているからな」

「ここは完全に安全な場所ですね」ラス・ラルは言った。

「あんたのものだよ」トミーが気前よく答える。「ここは、物《ぶつ》の出し入れのためだけに使っているんだ。それがここに一時間も留まっていることはない。あとの時間は空っぽだ。前にも言ったように、あの老いぼれリーダーは賢いだけじゃだめなんだ——運がないとな！」

　別れ際、トミーは客に、アドバイスと警告の言葉を添えて鍵を渡した。

「遅くなるまで、ここには来るな。警察のパトロールが十時、一時、四時に、あの道の奥を通る。インドにはいつ向かうんだ？」

「二十三日に」ラスは答えた。「それまでに、あの無礼なリーダーに仕返しをしてやる」

「おやおや、あいつの立場にはなりたくないものだな」おべっかが言えるだけ、気持ちに余裕のできていたトミーが返す。と言うのも、彼のポケットには二百ポンドもの現金が入っていたからだ。ラスから、その額面以上の贋金と引き換えに、事前に受け取っていた金だ。

　ラス・ラルがオーフィウム劇場に赴いたのは、その数日後のことだった。リーダー氏が気晴らしのために、かわいらしい女性をエスコートして来たのと同じ夜だったのは、決して偶然ではない。

　J・G・リーダー氏が劇場に足を向ける場合は（招待券が手に入ったときに限られるのだが）必ずメロドラマ（はらはらどきどきさせて、最後にはめでたしめでたしで終わる通俗劇）で、特にドルリー・レーンの作品がお気に入りだった。粉砕する鉄道列車に鬼気迫る俳優たちの台詞、身の毛もよだつような難破劇、お気に入りの馬が鼻先で勝利を勝ち取る緊迫した競馬レース。そんな出来事は、歓楽に飽きた芝居じみた街々でも、まず起こりそうにない——贔屓《ひいき》にしている馬の大勝利などは、特に——しかし、リーダー氏にとっては、そんな上演のことごとくがリアリティを感じさせるものなのだ。

　一度、大盛況の芝居をふらりと見に行ったことがある。その劇場内で笑っていないのは彼一人だった。その、あまりにも気が滅入るような面持ちに、主演女優が猛烈な勢いで支配人に訴えたほどだ。〝最前列の真ん中に座っている貧相な風貌の老人〟には金を返し、お引き取りいただくよう依頼すべきだと。リーダー氏は招待券で観劇していたため、その支配人は非常に厄介な立場に追い込まれることになった。

芝居を見に行くときにはいつも一人だった。友だちなどいなかったし、これまでの五十二年の人生は、ロマンスや、とろけるような甘い夢など一度も訪れることなく過ぎていったからだ。リーダー氏はあることで、今まで出会ってきた女性たちとはまったく違うタイプの娘と知り合っていた。名前はベルマン。マーガレット・ベルマンという娘で、彼は、その女性の命を救ったことがあるのだ。もっとも、そんな事実よりも、彼女の命を危険に晒《さら》してしまった事実に対する後悔のほうが、たびたび彼を苦しめていた。加えて、罪の意識に苛《さいな》まれる理由が、まだほかにもあった。

ある日、リーダー氏は彼女のことを考えていた——毎日の大方を他人について考えることで費やしている彼だが、そのどれもが、マーガレット・ベルマン嬢について考えるほど熱心ではなかった。あの娘は、毎朝、エンバークメントの角で電車を降りたところで落ち合い、毎晩、ルイシャム・ハイ・ロードまで一緒に帰る、非常に見目のよい青年と結婚するのだろうと、彼は思っていた。とてもいい結婚式になるだろう。借り出された何台もの車、代理人として式を進行する自分自身、近所の仕出し屋から用意されたお祝いの朝食。その後、新郎新婦は、陽気なばかりで人好きのしない親戚たちに囲まれ、芝生の上で写真に収まる。それが終われば、特別に設《しつら》えた車で、イーストボーンへと豪華なハネムーンに出発する。あとはただ、平々凡々に人生を削っていく生活が続くばかりだ。郊外の住宅地から出発し、自分たちの小さな車を持つようになり、土曜の午後には人を集めてテニスを楽しむ。

リーダー氏は深い溜息をついた。第一幕で発生したどんなトラブルも、最後には何の問題もなく落ち着くところに落ち着く。そんな舞台上のドラマのほうが、どれだけ満足のいくものだろう。彼は、その朝届いた二枚の緑色のチケットを、ぼんやりといじっていた。A列の十七番と十八番。彼に義理のある劇場の支配人が送ってきたものだ。劇場は、通俗劇の本場、オーフィウム劇場で、出し物は『復讐の炎』。面白い宵になりそうだった。

彼は棚から封筒を取り出し、切符売り場へと宛名を書いた。そして、余った引換券を戻す旨の手紙を書き始めたときに、ふと思いついたのだ。マーガレット・ベルマン嬢には借りがあり、それがずっと気にかかっていた。便宜上ではあるが、かつて彼女のことを自分の妻と呼んでしまったことがあるのだ。確かに、そのとんでもない宣言で、気のふれた女の怒りを鎮めることはできた。しかし、そんなことを言ってしまったのは事実だった。彼女は今、申し分のない職についている——ある行政機関での秘書職だ。その経緯《いきさつ》について聞き知ることがあれば、マーガレットはJ・G・リーダー氏に感謝しなければならないだろう。

リーダー氏は受話器を取り上げ、ベルマン嬢の勤め先に電話をかけた。いつもどおりに、ある程度待っていると、彼女の声が聞こえてきた。

「あのう——ベルマンさん」リーダー氏は咳払いをした。「今夜の芝居のチケットが——そのう——二枚あるのですが。あなたに興味がおありかと思いまして」

相手の驚きようときたら、耳に届きそうなほどだった。

「まあ、なんてご親切なんでしょう、リーダーさん。ぜひ、ご一緒したいですわ」

J・G・リーダー氏は青くなった。

「あのですね、わたしが申し上げたのは、チケットが〝二枚〟あるということでして——つまり、あなたの——そのう——あなたの——ええと——どなたか一緒に行きたいという方がほかにいらっしゃるのではないかと——つまり——」

電話線の向こうから、くすくすと笑い声が聞こえてきた。

「つまり、わたしと一緒ではお嫌《いや》ということですの?」娘はそう返してきたが、こんな経験に乏しいリーダー氏はすっかりまごついてしまった。

「あなたをお連れできるなんて、この上ない名誉ですよ」相手の感情を損ねるのではないかとびくびくしながらリーダー氏が答える。「でも、わたしとしては本当に——」

「劇場でお会いしましょう——どちらの劇場ですの? オーフィウム——まあ、なんてすてきなのかしら! では、八時に」

リーダー氏は茫然と、目に涙を湛《たた》えて受話器を置いた。これまでの人生、いかなる社交的な場にも女性をエスコートしたことなどなかったのだ。今回の冒険のすばらしさを実感するにつれ、ますます感極まってきた彼は、息もできなくなってきた。白日夢から目覚め、死刑囚監房にいる己の姿を見出した殺人犯でさえ、今のリーダー氏ほど胸を詰まらせることはないだろう。決して当てにはならないとしても穏やかな人生の潮流から引き剝がされ、非常事態の恐ろしい渦の近くへ近くへと、彼は引き寄せられているのだから。

「おや《ブレス》、まあ《ミー》」窮地に陥ったときにだけ漏れ出る、極めて個性的な表現でリーダー氏は呻いた。

彼は自分の事務所に若い女性を雇っている。書類の整理においては几帳面な正確さを発揮するが、世の男性を神に変容させるような魅力、あるいは、ペルセウスの軍勢をトロイの城壁に向かわせるような魅力には完璧に事欠いている女性だ。リーダー氏は、常にその女性に〝ミス〟と呼びかけた。名前は確か〝オリバー〟だったはずだ。実際には二人の子供がいる既婚女性だったが、彼女の結婚はリーダー氏のあずかり知らぬことだった。

リージェント・ストリートにある建物の最上階に、リーダー氏は教えを仰ぐために赴いた。

「劇場に女性を同伴するのは、そのう——あー——わたしの習慣ではないものですから、どうすればいいのか、まったくわからないのですよ。相手が、そのう——あー——よく知らない若い女性となれば、なおさらのことで」

冷ややかな顔つきの従業員は、内心でせせら笑った。リーダー氏ほどの年齢であれば、そうした好意を自然に抱くのは仕方のないことだとしても、上辺くらいは取り繕うべきなのだ。

リーダー氏は部下の助言を書き留めている。

「チョコレート？　そんなものは、いったいどこで手に入れれば——？　ああ、そうでした、店員が売っているのを見た覚えがあります。ありがとうございました、ミス——あー——」

リーダー氏が出て行ってしまうと、そっとドアを閉めた事務員はおおっぴらに鼻を鳴らした。

「男たちときたら、七十になっても道を踏み外すんだから」ばかにしたように彼女は言った。

オーフィウム劇場のけばけばしいロビーに足を踏み入れたとき、マーガレットにはどんな想像もついていなかった。仕事中には四角い山高帽と、きっちりとボタンをかけた古臭いデザインのフロックコートを好む人物が、夜の集いにはどんな格好をして来るのだろう？　彼女はもう少しで、上等なピケ地のチョッキに蝶ネクタイをきれいに結んだエレガントな紳士の前を通り過ぎるところだった。が、危ういところで気がついた。

「まあ、リーダーさん！」そう言って、息を呑む。

その人物は確かにリーダー氏だった。飾りボタンつきのシャツもなかなかだが、最新流行のスーツに身を包んでいる。先のとがった靴もぴかぴかだ。世の大方の男たちと同じように、仕事着については自分の好みで選ぶが、おしゃれ着に関しては、行きつけの仕立屋の言うなりだ。しかし、リーダー氏には自分の服装の善し悪しなど、どうでもよかった――ただ、奇妙な責任感だけを強く感じていた。

リーダー氏はマーガレットをクロークへと導いた（彼自身は事前に、プログラムと大きな箱入りのチョコレートを購入していた。彼はその箱を、結んであるサテンのリボンを摘んで持ち歩いている）。芝居の幕が上がるまで、まだ十五分。マーガレットは、説明しなければならない義務があるように感じていた。

「〝誰かほかの人〟って、おっしゃってましたでしょう？　あれは、ロイのことですの？――わたしが時々、ウェストミンスターで落ち合っている」

リーダー氏は、まさしくその男のことを意味していた。

「彼とはよい友だちなんです」彼女は続けた。「それ以上ではありません――とてもよい友だち同士、それ以上の関係ではありませんわ」

どうしてなのかは説明しなかった。ロイの母親は自分の一人息子の素質に――肉体的な意味でも精神的な意味でも――絶対的な評価を与えていて、ロイ自身もその見方を全面的に支持している。しかし、彼女はそうではなかった。簡単に言えば、そんなことかもしれない。

「ほう！」リーダー氏は残念そうに答えた。

その直後、二人の会話はオーケストラにかき消された。最も騒がしい金管セクションのそば、甲高い音を吹き鳴らす木管セクションからもそんなに離れていない最前列に、二人は座っていたからだ。スリリングな第一幕のあいだ、マーガレットは時々、同伴者を盗み見ていた。馴染み深い現実世界と舞台上の架空の世界のばからしいほどの違いに、その人物が少しは面白がったり、逆に、うんざりしている様子が窺えるかもしれないと思ったのだ。しかし、いつ目を向けても、相手は芝居に夢中になっていた。主役が丸太に縛りつけられ、沸き立つような山間《やまあい》の激流に投げ込まれるシーンでは、隣の戦慄《わなな》きが感じられるほど。土壇場で主役が救出されたときには、驚いたことに、安堵したリーダー氏の震える溜息が聞こえてきた。

「でも、リーダーさん、これはあなたには退屈だったんじゃありません？」観客席の照明が灯ると、マーガレットは尋ねた。

「これ――と言うのは、この芝居のことですよね――が退屈ですって？　おやおや、とんでもない！面白い芝居だったと思いますよ、それも、かなり」

「でも、現実の出来事ではないでしょう？　とてもありそうにないお話ですし、あんな出来事は――まあ、いいえ、とても楽しかったんですよ。そんなに心配そうなお顔はなさらないで！　わたしはただ、犯罪学――確か、そんなふうに言うんですよね？――に詳しいあなたが、本当に楽しめたのかと思って」

リーダー氏はかなり心配そうな顔つきで相手を見つめた。

「お好みの芝居でなかったのなら、申し訳ありません――」

「まあ、そんな――メロドラマは大好きですわ。でも、あそこまで――現実離れしていると、感動できないいんじゃありません？　例えば、丸太に縛りつけられた男とか、自分の息子の死に同意する母親なんて？」

リーダー氏は考え込むように鼻先を擦っている。

「バーモンジーのギャングはハリー・サルターを板にくくりつけ、それをひっくり返してやつを殺害しましたよ。ちょうどビリングスゲート市場の向かい側辺りです。トッド・ロウの刑の執行に立ち会いましたが、彼は絞首台でその事実を認めました。それに、テディントンでの保険金殺人事件。自分の再婚費用を捻出するために〝リー〟・ピアソンを毒殺したのは、彼の母親でした。その裁判にも立ち会いましたが、彼女は自分に対する判決を笑いながら聞いていました――それに、あの幕では、ほかにどんなことが起こりましたっけ？　ああ、そうだ。製材所の所有者が、父親を刑務所にぶち込んでやると脅して、若い娘に結婚を強いたのでした。そんなことは何百回となく行われていますよ――しかも、もっとひどい方法で。メロドラマの世界では、そうそう突飛なことなど起こりません。チケットの値段以外には。もっとも、わたしは普通、ただでチケットを手に入れるのですがね！」

マーガレットは最初、唖然として聞いていたが、じきにおかしくてクックッと喉を鳴らし始めた。

「なんておかしいんでしょう――でも――いいえ、正直なところ、メロドラマって生まれて初めてなんです。まだ信じられませんわ。次の幕ではどんなことが起こるんでしょう？」

リーダー氏はプログラムを覗き込んだ。

「確か、白いドレスの娘が捕まって、東洋の君主のハーレムに連れ去られることになるはずです」彼が真面目に答えると、マーガレットはついに声を上げて笑い始めた。

「それに似たお話はありますの？」目を輝かせて尋ねる相手に、リーダー氏は渋々白状した。まったく同じような話は知らない、しかし――。

「驚くべき偶然ですな。極めて珍しい偶然です！」

そんなに驚くべきことを何か見落としていたのかと、マーガレットは自分のプログラムを覗き込んだ。

「今まさに、二階正面席の最前列から、わたしを見ている人間がいます——どうぞ、振り向かないでください——その人物がどこかの君主ではないにしても、東洋人であることは間違いありません。正確には、浅黒い肌をした紳士が二人。しかし、重要と見なされるのは一人だけです」

「でも、どういうわけで、その方たちはあなたを見ているんです？」娘は驚いて尋ねた。

「恐らく」厳粛な顔でリーダー氏が答える。「夜会服姿のわたしが非常に目立つからでしょう」

この瞬間、浅黒い肌をした紳士のうちの一人が、連れに顔を向けた。

「やつが毎日一緒に通勤している女だ。二人とも同じ通りに住んでいるんだよ。恐らく、やつにとっては、世界中の誰よりも重要な存在なんだろう。あの女がやつに笑いかける顔を見てみろよ。それに、あの老いぼれが女を見る様子ときたら！　男っていうのは、年を取ると女に関しては腑抜けになるんだ。今夜、決行する。あれやこれやの計画を実行しないうちは、絶対にボンベイには帰れないからな」

その紳士のお抱え運転手兼共謀者、かつ同種の前科者でもあるラムは、相方ほど大胆不敵ではなく、それ以上に個人的な恨みも抱えていなかった。それで、その件についてはもう一度考え直してみたほうがいいと、慌てて止めにかかった。

「起こりえる結果については、あらゆる想定をしてあるんだ」ラス・ラルは英語で答えた。

「でも、旦那」息急き切って相方が畳みかける。「さっさとこの国を離れて、あの小男が売ってくれる贋金でひと儲けしたほうが賢いんじゃないいんですかい？」

「復讐するは我にあり」ラス・ラルが英語で返す。

彼は次の幕のあいだも座っていた。リーダー氏の説明どおり、誘拐された無垢な娘がトルコの州知事の憎むべき魔手に渡される話だ。陰謀の展開を眺めているうちに、ラス・ラル自身の計略も見直されていった。第三幕、第四幕を彼が見ることはなかった――準備しなければならないことがあったからだ。

「物語自体はとてもスリリングでしたけど、こんなことはあり得ないって、わたしはまだ思っているんですよ」混み合う玄関ホールをゆっくりと通り抜けながら、マーガレットは言った。「実際の生活で――文明化された国の中でという意味ですけれど――覆面をした男が突然どこからか銃を持って現れて、『手を上げろ！』なんて、言うはずがありませんもの――絶対にないわ。そうでしょう、リーダーさん？」彼女は相手を説き伏せるような口調で言った。

リーダー氏は仕方なく、同意の言葉を呟《つぶや》いた。

「でも、とても楽しかったわ！」熱っぽくそう語るマーガレットの上気した顔を、リーダー氏は、決して苦痛ではないが、完全な喜びとも言い難い奇妙な気持ちで、見下ろしていた。

「それは、よかった」

ドレス・サークル（二階正面席）や玄関ロビーへと続くストール席（一階正面の舞台に近い特別席）に、到着したときに見かけた顔を探して首を巡らせる。しかし、ラス・ラルもその同伴者も、不運なことに見当たらなかった。陰鬱な雨が降っていた。リーダー氏はすぐにタクシーをつかまえた。

「贅沢に継ぐ贅沢ですね」彼が横に滑り込むと、マーガレットは微笑《ほほえ》みかけた。「煙草をお吸いになるのでしたら、お気になさらずにどうぞ」

リーダー氏はチョッキのポケットから煙草の紙箱を取り出し、しけった一本に火をつけた。

「日々の生活と変わらない芝居などありませんよ、お嬢さん」窓の隙間から慎重にマッチを押し出しながら、彼は言った。「メロドラマの一番感動的な点は、その理想主義にあるのです」

マーガレットは顔を向けて、まじまじと相手を見つめた。

「理想主義ですか？」信じられないというふうに繰り返す。リーダー氏は頷《うなず》いた。

「メロドラマの中に、浅ましさを感じさせるものがないことに気づきましたか？　一度、古典劇を見たことがありますが――『オイデプス』でしたか――あれには、うんざりしてしまいました。メロドラマでは、悪役でさえ英雄的で、〝打ち砕かれた正義は必ず復活する〟というのが、不変的なテーマなのです――それが、理想主義ではないでしょうか？　それに、健全でもあります。性的な問題など扱われませんからね。魅惑的なライトの中に、不愉快な場面など決して出現しません――意気揚々とした気分で劇場をあとにすることができます」

「もし、あなたが十分にお若ければの話ですけど」マーガレットは微笑んだ。

「正義の勝利を喜ぶことができるくらい、人は常に若くあるべきです」リーダー氏は大真面目な顔で答えた。

車はウェストミンスター・ブリッジを渡り、ニュー・ケント・ロードへと左折した。雨で曇った窓ガラスを通し、J・Gは見慣れた場所を指差しては、ガイドのような口調で滑らかな案内を披露する。サウス・ロンドンにそんな歴史があったことを、マーガレットは初めて知った。

「ここは以前、さらし首台として使用されていたのですよ――この見苦しい物置場は、ロンドンで最初の鉄道のターミナル駅でした――アレクサンドラ王妃が結婚のためにお越しになったときには、ここから出発されたのです――運河橋を渡った右手の通りは、面白いことにバード・イン・ブッシュ・

ロードと名づけられています――」

大きな車がタクシーの背後に迫っていた。その運転手がタクシーのドライバーに何やら大声で叫ぶ。タクシーが急に、今しがた話題になった通りに曲がり込むまで、疑い深いリーダー氏でさえ、運転手同士の牽制のし合いだとしか思っていなかった。背後に迫っていた車が、今はぴたりと横に並んでいる。

「たぶん、大通りが渋滞しているのでしょう」J・Gはそう言ったが、タクシーはすぐにスピードを緩め、停車した。

ドアの取っ手に手を伸ばそうとした途端、そのドアが乱暴に引きあけられた。ちらつく明かりの中、肩幅の広い男が道路に立っているのが見えた。

「さっさと降りろ！」

男の手には、銃身の長い真っ黒なコルト銃。顔は、顎から額まですっぽりと覆面で覆われている。

「早くしろ――両手を高く上げるんだ！」

「おい――いったい何の真似だ――ニュー・クロス・ロードは通行止めだと、あんたが言ったんじゃないか」タクシーの運転手の声だった。

「五ポンドある――余計なことは言うな」

覆面の男が運転手に紙幣を突き出した。

「金なんかいらん――」

「偶然、胸に銃弾を撃ち込まれたいのかい、おやじさん?」ラス・ラルは茶化すように言った。

マーガレットは同伴者に促されて、すでに通りに降りていた。車はタクシーのすぐ後ろに止まっている。背中に銃口を押しつけられたリーダー氏が、あいているドアまで進み、車の中に乗り込む。娘がそのあとに続いた。覆面男が車に飛び込み、ドアを閉めた。すぐに、車内はまばゆい光で溢れた。

「知的で賢い警察の旦那には、かなりの驚きなんじゃないかな?」

捕縛者は、銃を膝の上に置いて、向かい側のシートに座った。黒い覆面の二つの穴からは、敵意を含んだ茶色い目がぎらぎらと光っている。しかし、リーダー氏の関心はもっぱら娘のほうに向けられていた。ありがたいことに、ショックで顔色を失ってはいるものの、恐怖で凍りついているわけではなさそうだ。驚きで呆然とし、言葉を失っているだけのようだ。

車は方向転換をし、二人がやって来た方向へと速やかに走り出した。運河橋を上り、すぐに右方向へ曲がると、急な丘を下り始める。ロザハイズに向かっている――リーダー氏の頭には、ロンドンの地図が完璧に刻み込まれていた。

移動時間は短かった。百ヤードほどのでこぼこした道路でタイヤが跳ね、車体がひどく揺れる。やがて、急ブレーキとともに、車は不意に止まった。

泥だらけの狭い路地だった。片側には水路橋のアーチが続き、反対側は高いフェンスで囲まれた土地。明らかに運転手は、目的地のかなり手前で車を止めたようだ。フェンスに造られた狭い出入り口まで、泥だらけの道をさらに五十ヤードも靴を汚して歩かなければならなかったからだ。その入り口から、一行は四角い建物へと、石炭殻が敷きつめられた小道を進んだ。何かの小さな工場のようだとリーダー氏は思った。案内人がドア口にランプの光を当てると、風雨にさらされた文字が浮かび上がった。

〝ストーン・フィルトン皮革会社〟

「さあ！」照明のスイッチを入れながら男は言った。「嘘つきで堕落した警察の旦那、あんたには清算してもらわなきゃならない、ちょっとしたつけがあるんだ」

一行は、三方が板貼りの壁で囲まれた埃っぽいホールに立っていた。

「あなたが言いたい言葉は〝請求書〟と言うんですよ、ラス・ラルさん」リーダー氏が呟く。

男は一瞬ぎょっとしたようだが、やがて、顔から覆面を剝ぎ取った。

「そうとも、ラス・ラルさ！　そして、あんたはそのことを後悔することになる！　あんたと連れの娘にとっては、本当に不安な残忍な一夜になるはずだからな！」

リーダー氏は、相手の奇妙な英語に、にこりともしなかった。男の握る銃が、何一つ間違いのない完璧な事実を物語っている。それに、意識せずにおかしなことを言う人間が持つ銃は、残忍な純粋主義者の手に握られた銃と同じほど危険でもある。加えて、そばにいる娘のことが心配だった。彼女は、捕えられてから一言も発していない。しかし、頰に血の気が戻ってきているのはよい兆候だ。それに、彼女の輝く目の中には、脅えているような気配は少しも見当たらない。

ラス・ラルは、木製の間仕切りに打たれた釘から長い紐を引き下ろしたが、躊躇《ためら》っていた。

「これは必要ないな」これ見よがしに肩をすくめて、彼は言った。「部屋の中なら十分に調べてある——あんたも、あそこでは何もできないだろうし」

ドアをさっとあけ、外に続く剝き出しの階段を上るように、男は二人を促した。上り切った部分は踊り場になっていて、頑丈そうな煉瓦積みの壁に大きな金属製のドアがついていた。

鉄製の差し錠を外し、男はドアを押した。ぎいっという音とともに扉が開く。中は大きな一間だった。壁も床も荒く上塗りされたコンクリート製で、埃だらけの机の上部には〝この倉庫内では喫煙禁止〟という注意書きが貼られている。明らかに、可燃性の物質の倉庫だったようだ。天井に届きそうな位置に、十八インチ四方くらいの窓が一つだけ。部屋の一隅には、薄汚れた紙ファイルが山積みで、机の上には小さな木箱が十ほども散乱している。そのうちの一つはこじあけられていて、釘の飛び出した蓋が斜めに口をあけていた。

「三十分ほどくつろいでいてくれるかな。もしかしたら、四十分くらいになるかもしれない」ドア口に立ち、銃をひけらかしながらラス・ラルは言った。「そのくらいしたら女を迎えに来る。明日にはおれと一緒に船の上だ。行き先は――いいや、そんなことが、誰にわかる?」

「出て行くときにはドアを閉めて行ってくださいね」J・G・リーダー氏が声をかけた。「嫌な隙間風が入って来ますから」

トミー・フェナロー氏は午前二時に徒歩でやって来た。ぬかるんだ小道を歩いていると、懐中電灯の光が不意にタイヤの跡を捕えた。トミーは、銃弾でも食らったかのように立ち止まった。膝が震え、胸がきゅっと締めつけられる。走るにせよ歩くにせよ、このまま立ち去ったほうがいいのではないか。しばらくは、そんなふうに決心がつかずにいた。どうしても先に進む気がしない。しかし、そのとき、人声がした。ラス・ラルの手下だ。安堵で気を失いそうになる。よろめくように前に進み、やっと、がたがたと震えている男のところにたどり着いた。

「おまえのばかボスは、ここまで車でやって来たのか?」囁き声でそう尋ねる。

「え、ええ――ラス・ラルさんが」不得意な英語でラムが答えた。

「だから、あいつはばかなんだ!」トミーが唸り声を上げる。「まったく! はらはらさせてくれるやつだ!」

これまでの経緯を説明しようと、ラムが必要な英単語を掻き集めているうちに、トミーは脇を通り過ぎて行った。客は、黒っぽい葉巻をくわえ、浅黒い顔に満足げな笑みを浮かべてホールに座っていた。

「ようこそ！」トミーがドアを閉めると、彼は声をかけた。「密告野郎を捕まえてやったぞ」

「密告野郎のことなんてどうでもいい」トミーは苛々と答えた。「ルピーは見つけたのか？」

ラス・ラルが首を振る。

「この倉庫に置いておいたんだぞ——一万ルピーだ。おまえなら、そいつを手に入れて、とっくにずらかっているだろうと思っていたのに」フェナロー氏の顔は不安げだ。

「倉庫の中にはもっと重要なものを隠してあるんだ——来て、見てみろよ、相棒」

ラス・ラルはうろたえるトミーを従えて階段を上《のぼ》った。ライトをつけ、ドアをあける。

「ほら——」そう言いかけたものの、あとが続かなかった。

「おや、フェナローさんじゃありませんか！」声をかけたのはJ・G氏だった。

片手には本物そっくりのルピー紙幣の束。もう一方の手には——。

「こいつが銃を持っていることを考えるべきだったんだ、このとんま野郎」トミーが金切り声を上げる。「それも、物《ぶつ》がある部屋に閉じ込めるなんて！　しかも、電話まである部屋に！」

彼は、地元の警察署に引き立てられて行った。その間、手錠で仲間と繫《つな》がれて。

「明日の朝、判事に説明するときには、単なるシャレや冗談のつもりだったと言ってやるよ」お気軽そうにラスが言う。

トミー・フェナローの返事は、とても活字にできるようなものではなかった。

リーダー氏が、興奮気味の娘を下宿屋の玄関先まで送り届けたとき、セント・ジョンズ教会の鐘が午前三時を告げた。

「とても言葉にはできませんわ――この夜がどれだけ楽しかったか」彼女はそう言った。

リーダー氏は心配そうな顔で、下宿屋の暗い壁を見つめている。

「あなたがこんな時間に戻って来たことを――あ――あなたのご友人たちが変に思わなければいいのですが――」

彼女は大丈夫だと請け合った。それでも、ゆっくりと自宅へ戻るあいだ、彼女の名前が何らかの意味で傷つけられてしまったのではないかと、リーダー氏は気を揉んでいた。それにメロドラマでは、名誉を傷つけられたヒロインは、必ず誰かと結婚することになっているのだ。

そんな考えが妙に心を掻き乱し、リーダー氏は一晩中、眠れなかった。

6　緑の毒ヘビ

探究心は、酒やギャンブルや女の微笑《ほほえ》み以上に、将来有望な人間の経歴を破壊してきた。一般的には、平々凡々な人生が一番安全だ。手っ取り早く金を稼げる方法を探して未知の領域に踏み入れる者は、自らがさ迷ってきたこれまでの堅実な方法を最高の到達点とは見なさない、ごく少数の男たちだけだ。

モウ・リスキーは、自らの世界で確たる足場を築いていた。それは、数多くある自分の資質を熱心に、そして、いささか乱暴な方法で鍛錬してきたことの結果だ。彼はそのまま、頂点を極められたのかもしれない。外部からの誘いに乗せられることがなければ。そして何よりも、そもそもは自分の普段の仕事とはまったく関係のないことから端を発した個人的な争いで、自らを不利な立場に追い込むことがなければ。

エル・ラーバットという働き者のムーア人がいた。英国にも何度か訪れていて、ロンドン・リバーからフンシャル・ベイ（アフリカ北西岸沖、ポルトガル領マデイラ島）、ラス・パルマス（スペイン領カナリア諸島グラン・カナリア島北東部の港市）、タンジール（モロッコのジブラルタル海峡に臨む都市）、オポルト（ポルトガル北西部ドーロ河口付近の都市）と、往復航行を行うバナナ輸送船で旅をしていた。ごく一般的な黄色っぽい顔をしたムーア人で、あばた顔、体型としては小柄なほうだ。若いころに、善意のアメリカ人宣教師に世話になったことがあるおかげで、英語が話せる。このラーバットという男は、モウにとっては便利な存在だった。と言うのも、非常に多くの薬物がトリエステ（イタリア北東部の港湾都市）経由でレヴアント（東地中海及びその沿岸諸国）に船で運び込まれるからだ。プール（イングランド南部、イギリス海峡に臨む町）の港にはオレンジを詰めた竹籠《たけかご》が大量に荷上げされるが、その黄金の果肉の中には、密輸品のサッカリン、ヘロイン、コカイン、塩酸、そのほか様々な有害薬物を入れた小さな金属製のシリンダーが埋め込まれている。

　ラーバットは時折、そうした物を運び込み、相応の収入を得ることで満足していた。その彼がある日、〝四人の陽気な船乗り〟というパブの特別室で、モウにすばらしい盗品のことを話していた。フエズ（モロッコ北部の都市）で活動するアンゲラの窃盗団によって持ち去られたもので、まさしくモロッコの秘宝中の秘宝、スリマンのエメラルドだった。貧困に喘いでいた時代のアブドゥル・アジーズ（サウジアラビアの建国者）でさえ、手を出そうとはしなかった代物《しろもの》だ。アンゲラの男たちはいかにも彼ららしく、神聖な建物に押し入り、財宝を守っていた二人の警備員を殺害し、偉大なる王の九つの緑の石を奪って逃げ去った。その後、カルカッタのバザールからうらぶれた通りにまで轟《とどろ》くような、激しい非難の声が沸き起こった。しかし、アンゲラの男たちが世間の声に左右されることはなく、買い手を探そうとさえしなかった。この事件のことを聞きつけた根っからの悪人エル・ラーバットが、とある十月の霧深い夜、〝四人の陽気な船乗り〟で、モウ・リスキーに聞かせていたのは、そんな話だった。

「あんたとおれとで百万ペセタの儲けがある話ですよ、旦那」とラーバット（エル・ラーバットにとって、即金で取引をしてくれる相手は誰でも〝旦那〟だった）。「この話が外に漏れたら、おれにとっては命取りにもなるけどね」

　モウは、目もくらみそうなほど光り輝く宝石で飾られた指で顎を摩《さす》った。装飾品には目のない男だった。少しばかり自分の専門から外れてはいるが、盗まれた財宝の価値については新聞各紙が大々的に伝えていた。それに、こんなにも簡単に五十万ペセタを稼げる見込みに、彼の血は燃え立っていた。ロンドン警視庁や世界中の警察がスリマンの九つの宝石を探していたって、どうっていうことはない。光り輝く石が流れていく秘密の販路のことなら知っていた。それにもし、不運に不運が重なったとしても、宝石を見つけ出したことに対する五千ポンドの報奨金は手に入るのだ。

「よく考えてみるよ。物《ぶつ》はどこにあるんだ?」

「ここに」驚いたことに、ラーバットはそんな答えを返してきた。「十分か二十分くらいで、あんたの手にそのお宝を乗せてやれるよ、旦那」

ここは率直な交渉が必要とされるところだ。こんな大事なときに、何の利益もない問題に振り回されているのは、本当に厄介なことだ——メアリルー・プレジーとのいざこざ。その女に対する強い執着が、そもそもの原因だった。

女が悪党である場合、本当に悪質であることが多く、メアリルー・プレジーは正真正銘の性悪女だった。かなり背の高い美人で、艶やかな黒髪をボーイッシュなシングルカット（一九二〇年代に流行した女性の刈り上げヘア）にしている。黒い切り下げ前髪が、気品の高さを窺わせる額を厚く覆っていた。

リーダー氏は一度、その女性に会ったことがある。中央刑事裁判所で、贋金造りの新たな方法を発見した器用なフランス人、バーソロミュー・ザビエル・プレジーに対する証言をしていたときのことだ。その男の贋金が見破られることはまずないが、リーダー氏は普通の人間ではなかった。彼は偽造紙幣を見破っただけでなく、その印刷機までも突き止めたのだ。そんなわけで、バーソロミュー・ザビエルは、怠惰そうな判事と向き合うことになった。判事は、通貨の価値をおとしめることがどれだけ間違ったことであるかを、静かな声で語って聞かせた。その犯罪がいかに、人々の商業的、産業的生活の根幹を破壊するものであるか。被告席の小粋な男は、憤慨などしなかった。そんなことは十分にわかっていたからだ。男をひるませたのは、そのあとに続いた判事のそっけない言葉だった。

「刑罰として二十年の服役を言い渡す」

メアリルーがその男を愛していたかどうかは疑わしい。恐らく、愛してなどいなかったのだろう。しかし、彼女はリーダー氏を憎んだ。彼が自分の夫を破滅に追いやったからではなく、証言の中で「被告人と一緒にいた女が関係している」という言い方をしたからだ。ジョン・リーダー氏は、そうしようと思えば、彼女をも被告席のプレジーの横に立たせることができたはずだ。彼女にもそれはわかっていた。その上で、彼女はリーダー氏の温情を恨んだのだ。

プレジー夫人はポートランド・ストリートに広いフラットを持っていた。夫との共有財産である区画内にある物件だ。二人の不正利得はかなりのものだったし、パークハースト刑務所に収監される前のプレジー氏が競馬場を所有していたためでもある。そして、メアリルーはここで、贅沢三昧に暮らしていた。

夫が刑務所に送られた数カ月後、彼女は、ギャングの親分たちの中でも最高の権力を有し、暗黒街の無冠の帝王であるモウ・リスキーと〝仲睦まじく《テトゥ・ア・テトゥ》〟食事を楽しんでいた。鼻眼鏡をかけた、小柄で洒落っ気のある男で、どちらかと言えば学問的職業に従事している人間のように見える。ストラファーズ、サリヴァンズ、バークローズといった競馬場を支配下に置き、そうした場所での彼の発言は絶対的だったが、賭博場やその他の数え切れない施設からの儲けは、警察の監視を受けるほどではない。彼と敵対する人間は止めどなく〝叩き潰されて〟いった——ライバルの親分たちは、多かれ少なかれ彼に敬意を払っていたし、その点については実に慎重に振る舞っていた。私営の馬券業者から店張り料を徴収していたが、彼を有罪とする試みに二度も失敗している警察からは、何の干渉も受けていなかった。

どんなに立派な人間にも欠点はあるものだが、彼にはそれを補うだけの取り得があった。あのメアリルー・プレジーは彼にとって理想の女であり、それがいかに不相応であっても、盗人《ぬすっと》にとって理想のものを手に入れることは称賛に値することだ。

彼は、細い時計鎖をいじりながら、テーブルクロスの刺繍を見つめたまま、メアリルーの話を熱心に聞いていた。しかし、いくら相手を好いていても、生来の警戒心が彼を正気に引き留めていた。

「話はわかったよ、メアリルー」と、彼は言った。「リーダーを捕まえることはできるさ。でも、そのあとはどうなる？　あの男がバスのブレーキよりも大きな金切り声を上げるかもしれないじゃないか！　それに、危険な男なんだ。その辺のデカなら何とも思わないさ。でも、あの老いぼれは、公訴局長官の事務所にいる。ばかな男だから、そこでおとなしくしていることもなかった。それに、おれは今、これまででも一番大きなヤマに取り掛かっているところでね。自分の手で〝何とか〟できないかい？　あんたは頭のいい女だ。あんた以上に賢い女は見たことがない」

「そうするわよ！　あんたがリーダーを恐れているなら――」軽蔑したような女の声に、モウ・リスキーは唇を歪め、忍耐強く笑みを浮かべた。

「おれがやつを恐れているだって？　冗談はよしてくれよ！　自分の手で、あいつに目に物を見せてやるんだ。捕まえられないときには知らせてくれ。あいつを恐れているだって！　まったく！　いくらおれが出しゃばりたくたって、あの老いぼれチキンは毛をむしられて鍋の中さ。あんたがおれの名前を口にする前に！」

公訴局長官の事務所では、リーダー氏の自分の身を守る能力に疑いを持つ者などいなかった。だから、メアリルーがロンドンで一番危険な人物と密会をしていたことを報告するために、ロンドン警視庁からパイン警部がやって来たときにも、副長官は面白がってにやにやするだけだった。

「いやいや――リーダーに護衛などいりませんよ。ご希望なら伝えておきますが、彼はたぶん、そんなことはみんな知っているでしょう。警察はリスキーの一味に対して、どんな方針を取っているんです？」

　パイン警部は顔をしかめた。

「二度捕まえたことがあるんですが、見事な嘘で逃げ切られました。副警視総監は、現行犯でもなければ二度とあいつには手を出さないつもりでいます。危険な男なんですよ」

　副長官は頷いた。

「リーダーも同じですね」薄気味悪そうに答える。「あの男は言わば、温和な〝毒ヘビ《マンバ》〟なんです！　マンバはご覧になったことがない？　しなやかな毒ヘビですよ。嚙まれたら、二秒で彼《あ》の世行きです！」

　警部は疑い深げな笑みを浮かべている。

「そんな印象を彼から受けたことはありませんけどねえ――ウサギみたいな感じならありますけど。ええ、決してヘビなんかではありませんよ！」

　その日の昼近く、リーダー氏は連絡を受けて、長官の執務室に出向いた。彼の人間性に対して誤った認識を人に与える、妙におどおどとした申し訳なさそうな雰囲気を漂わせて。リスキーとメアリルーが会っていたという上司の話を、目を閉じて聞いている。

「そうでしたか」相手の話を聞き終えると、彼は溜息をついた。「噂は聞いておりましたが。リスキーですか？　非合法的な人間と親交のある人物？　もっと平和な時代であれば、フィレンツェ人たちの頭目にもなれた男でしょうね。面白い男ですよ。面白い仲間のいる」

「きみの興味が一般的な範囲に留まっていてくれるといいんだがね」上司は警告した。リーダー氏は再び溜息をつき、何か言おうと口を開きかけたが、一瞬、躊躇《ためら》う。が、やがて尋ねた。

「リスキー氏がこのまま自由を享受し続けることは――そのう――この部署にとっては不名誉なことなのではないですか？」

上司は顔を上げた。リーダー氏の言葉に促されるように、公訴局長官は答えた。

「彼を捕えたまえ！」

リーダー氏は実にゆっくりと頷いた。

「わたしも常々、そのほうがいいだろうと思っていました」そう答えた彼の目は、ますます憂鬱そうに沈んでいる。「リスキーには興味深い個性を持った知り合いが多くいます」しばらくして、やっと言葉を続けた。「ドイツ人、ロシア人、ユダヤ人――それに、ムーア人の知り合いも」

長官はさっと顔を上げた。

「ムーア人って――きみは、九つのエメラルドのことを言っているのかね？　おいおい、ムーア人ならロンドンには何百人もいるんだぞ。パリには何千人も」

「モロッコには数百万人もいますね」リーダー氏は呟《つぶや》いた。「わたしは、ただムーア人と言っただけですよ。我らが友人のプレジー夫人に関しては――最善の結果を願うばかりです」

リーダー氏は、上司の部屋からひっそりと姿を消した。

この件に関しては、重要な事実を見つけられないまま、ひと月近くが過ぎていった。リーダー氏は、ランベス（ロンドン自治区の一つ）の周辺をさ迷っては奇妙な時間を過ごした。ハーストパーク競馬場の会員用観覧席に姿を見せたこともあった――しかし、彼が誰かに話しかけることもなければ、誰かから声をかけられることもなかった。

　ある夜、リーダー氏が考え事でいっぱいの頭で、ブロックリー・ロードの手入れの行き届いた自宅に戻ると、テーブルの上に平たい小箱が置かれていた。家政婦によると、その日の午後、郵便で届いたのだそうだ。宛名はタイプ文字で〝ジョン・リーダー様〟となっており、セントラル・ロンドンの消印が押されている。

　かかっていた細い紐を切り、茶色の包装紙、その下の銀色の薄紙を剝がしていく。現れた艶やかな蓋を、細心の注意で持ち上げる。細かく刻んだ紙の層の下には、甘い香りを放つ菓子が、包み紙にくるまれて沈んでいた。チョコレート。余計なおまけがついていようがいまいが、それはリーダー氏の関心を大いに引き寄せるものだった。彼は、砂糖漬けのスミレが載った小さな粒を取り上げ、うっとりとした目で見つめた。

　そのとき、お茶の用意をした家政婦がやって来て、テーブルの上にトレイを置いた。リーダー氏は大きな眼鏡越しに彼女を見上げた。

「チョコレートはお好きですか、ケレルさん？」悲しそうな面持ちでそう尋ねる。

「あら、大好きですわ」年配の女性はにこやかに返した。

「わたしもですよ」とリーダー氏。「わたしも大好きなんです！」彼は物惜しそうに首を振り、チョコレートの粒を慎重な手つきで箱の中に戻した。「残念ながら、かかりつけの医者に――非常に優秀な医者なのですが――甘い物の類《たぐい》は止められていましてね。ちゃんとした専門家に徹底した検査を受けた物でなければだめだと」

ケレル夫人は頭の回転の速い人物ではなかったが、日々、新聞の広告で、科学的な知識をかなりの範囲まで広げていた。

「ビタミンが含まれているかどうかを調べるためですの？」と尋ねる。

「いいえ、そうは思えませんねえ」リーダー氏は穏やかに返した。「ビタミンはわたしにとっても通常の摂取物です。それがちょっと欠けたからと言って、午後いっぱい頑張れないわけではありませんし、身体の害になるわけでもありません。ありがとうございます、ケレルさん」

家政婦が出て行ってしまうと、彼は丁寧に刻まれた詰め物を戻して蓋を閉め、几帳面に箱を包み直した。そして、ロンドン警視庁の専門部署宛てに宛名を書き、小さな箱から赤い文字で〝毒物〟と書かれたラベルを取り出す。それが終わると、気取った紳士宛てに手紙を書き、やっと、マフィンと大きなティーカップに入ったお茶へと取りかかった。

リーダー氏がチョコレートの包みを解いたのが午後六時十五分。就寝のためにライトを消したのが十一時十五分ちょうどで、そのとき彼は声に出して独りごちた。

「メアリルー・プレジーか――やれやれ！」

このときから、彼の闘いは始まったのだ。

これが水曜の夜のことだった。金曜日の朝、〝ネグリジェ〟姿のまま居間に現れたメアリルー・プレジーは、待ち構えていた二人の訪問客によって身づくろいを中断された。男たちは、チョコレートの箱についていた指紋について説明した。

一時間半後、女はハールボロ・ストリートの監房内で、自分が犯した罪の詳細を警部から聞かされた。その後の裁判で、〝ジョン・リーダーに毒物入り、すなわちトリカブトの毒入り菓子を、殺害の目的で郵送した〟罪で、二年間の服役を言い渡された。

モウ・リスキーは最後まで裁判の進行を見守っていた。げっそりとやつれた顔が、被告席に立つ女への愛情の深さを物語っている。女が被告席から姿を消すと、彼は人気《ひとけ》のない、がらんとしたホールへと出て来た。そして、そこで、最初の間違いを犯すことになったのだ。

めかし込んだ男が近づいて来たとき、リーダー氏は毛糸の手袋をはめているところだった。

「リーダーっていうのはあんたかい？」

「いかにも、わたしがリーダーですが」

リーダー氏は眼鏡越しに、好意的な眼差しを相手に向けた。今か今かと祝いの言葉でも待っているかのような様子だ。

「おれはモウ・リスキー。あんたはおれの友人を刑務所に送り込んだ――」

「プレジーさんのことですか？」

「そうとも――わかっているだろう！　この落とし前は必ずつけてやるからな、リーダー！」

すぐさま、背後にいた人物が男の腕をつかみ、自分のほうに振り向かせた。シティの刑事だった。

「わたしと一緒にいらしてください」刑事は言った。

モウは青ざめた。現在の彼の権力が、一度も有罪とされたことがない事実に基づいていることを思い出してほしい。こんな経歴が、彼の評判を高めるはずはない。

「おれが何をしたっていうんだ？」モウはしゃがれ声で尋ねた。

「検察側証人に対する威嚇、及び、脅迫的な言葉の使用です」刑事は答えた。

モウは翌朝、ロンドン市庁舎の長老議員の前に引き出され、三週間投獄されることになった。脅しをかけられることを予測し、毒へビ《マンバ》特有の素早い身のこなしでそれを阻止する準備をしていたリーダー氏は、優位に立つことになった。ギャングのボスは、法律用語で言うところの〝有罪判決を受けた者〟となったのだから。

「彼が出所するまでは何事もないと思いますが」警察が護衛を申し出ると、リーダー氏はパイン警部に答えた。「わたしを――ああ――襲撃する方法をあれこれ考えることで、彼は大いに楽しむことでしょう。実際の行動に出るのは、自由の身になってからのはずです。護衛をつけてくれるなら、彼が出て来るまでのほうがいいでしょうね――」

「やつが出て来たあと、という意味ですよね？」

「出て来るまで、ですよ」リーダー氏は念押しするように言った。「そのあとも――ああ――そのう――無事でいたいですけどね――ああ――警察の護衛によって」

自由の身になったモウ・リスキーは、ぴりぴりと警戒心を張り巡らせていた。ただ一度の失敗は別にしても、あらゆるトラブルから身を守ってきた猫のような警戒心が、すべての計画を左右していた。エメラルドの取引を危険に晒《さら》した自分を悪しざまに罵った彼が最初にしたことは、エル・ラーバットと連絡を取ることだった。

しかし、彼の生活には、腹立たしくも新たな要素が入り込んでいた。自分が簡単に過《あやま》ちを犯してしまうのだという苦々しい自覚と、これまで完全に支配していた手下どもの忠誠心が、今回のことで薄れてしまうのではないかという恐れだ。この恐れには、感覚以上のものが含まれている。モウは、自分の競馬場とクラブハウスのカモたちからだけでも、年に一万五千ポンド近い収益を上げていた。そのほかに盗品からの利益もある。加えて、彼の〝一味〟は、年に数千ポンドの利益を上げるヨーロッパ大陸の薬物売買を手広く牛耳っていた。夢のようなお伽噺《とぎばなし》に聞こえるかもしれないが、本当のことだ。すべての〝儲け〟がモウとその手下たちの手に入るわけではない。狩りをする狼たちだけではなく、その死肉を漁る家禽《かきん》たちのための盗品もまた存在する。

彼としては、リーダーに落とし前をつけなければならなかった。それがまず最初の仕事だ。しかも、決して跳ね返りのない報復でなければならない。ある夜、相手を叩きのめしてやるのは簡単な仕事だ。しかし、それでは、牢屋に逆戻りになる可能性が高い。明らかに、巧妙な罠が必要だ。棍棒《こんぼう》でぶん殴るよりも、もっと鮮やかで痛快な報復が。

リスキー氏の特殊部隊のメンバーは、自分たちのボスに会うのに暗い地下室を利用したり、正体がばれないようマントや覆面で身を覆うようなことはしない。モウ・リスキーに仕える同業者を統制する六人の部下《ビッグ・シックス》たちは、ボスが釈放された夜、一堂に会した。会合場所はソーホーにあるレストランで、普段からプライベートな個室が使える店だった。

「おれが離れていたあいだ、誰もやつに余計な手を出さなくてよかったよ」モウはかすかに微笑みながら言った。「この件に関しては、おれが自分でやりたいんだ。ムショにいるあいだ、いろいろ考えてきたからな。とっておきの方法があるんだ」

「やつは常に、警官を二人従えていたよ。そうでなければ、あんたの代わりにおれがぶん殴ってやったんだがな、モウ」六人組の頭《かしら》であるテディ・アルフィールドという男が言った。

「そんなことをしたら、おれがおまえをぶん殴ってやるだろうよ、テディ」リスキー氏が不穏な声で答える。「やつには手を出すなと言っておかなかったか？　〝おれがやつをぶん殴ってやった〟っていうのは、どういう意味なんだ？」

放置車両の〝盗み〟を専門とする、がっしりとした体格のアルフィールドは、にわかにうろたえ始めた。

「てめえは自分の仕事に専念していればいいんだ」モウは怒鳴りつけた。「おれが自分でリーダーに復讐する。やつにはブロックリーに女がいるんだ。若い女で、いつもやつと出歩いている――ベルマンという名で、やつの家の向かい側のすぐ近くに住んでいる。やつを叩きのめす必要はないさ――今のところはまだ。おれたちがしなければならないのは、やつを職場から追い出すことだ。簡単な仕事だよ。先週、内務省をくびになった男がいる。職務時間中に外で飲んでいるところを見つかったんだ」

彼は単純な計画のアウトラインを説明した。

ある日の夕方、仕事を終えたマーガレット・ベルマンは、ウェストミンスター・ブリッジとエンバークメントの角まで歩いて行き、リーダー氏の姿を探して周囲を見回した。仕事上の問題がなければ、通常、彼はこの辺りにいる。それでも最近は、会えることが少なくなった。会えたとしても、彼の両脇にはいつも、むっつりとした男たちが彼を挟んで座っていた。

彼女は一台目の電車を見送った。エンバークメント沿いをゆっくりと近づいて来る二台目の電車に乗ろうと決めたとき、足元に紙包みが転がった。首を巡らせてみると、小柄で身なりのいい女性が、目を閉じてふらついている。その女性が倒れ込む寸前に、何とか腕をつかむことができた。相手の腰に腕を回し、運良く近くにあったベンチに座らせるのに手を貸す。

「すみません――ご親切に、ありがとうございます。タクシーを呼んでいただけないでしょうか?」失神しそうな女性は喘《あえ》ぐように言った。

かすかな外国語訛り。どことなく育ちの良さそうな女性だと、マーガレットは思った。

タクシーを呼び、女性が中に乗り込むのを手伝う。

「お宅までご一緒したほうがいいですか?」同情心に厚い娘は尋ねた。

「そうしていただけると助かりますわ」女性が呟く。「ご厄介でなければいいんですけど――本当に、ごめんなさいね。住所はグレート・クラリッジ・ストリートの一〇五番地です」

屋敷に着くまでのあいだに、女性は自分がマダム・レメールといい、フランス人銀行家の未亡人だと説明できるほどに回復してきた。メイフェアでも一番お洒落な地区に建つ、大きな屋敷の美しい外装は、マダム・レメールが相当裕福な女性であることを示していた。執事がドアをあける。お仕着せ姿の従僕が、マダムがぜひにと勧めたお茶を運んで来た。

「ご親切なお嬢さんね。お礼の言いようもありませんわ、マドモワゼル。もっとお近づきになりたいの。いつか、ディナーにいらっしゃいません? 木曜日はどうかしら?」

マーガレット・ベルマンは躊躇った。彼女自身、周りの贅沢な調度に幻惑されるほど、ごく一般的な感覚の持ち主だったし、目の前の女性は、断るのが難しいくらい上品で優美な魅力に溢れていた。

「〝二人だけ《テトゥ・ア・テトゥ》〟でお食事しましょう。そのあとは――ダンスに人を呼んでもいいし。ひょっとして、お呼びになりたいお友だちがいらっしゃる?」

マーガレットは微笑んで首を振った。奇妙なことに、〝お友だち〟という言葉に思い浮かんだのは、あの、おどおどとしたリーダー氏の姿だけだった。しかし、どういうわけか、この屋敷の中にいるリーダー氏の姿は想像できなかった。

外の通りに出て来て、執事が後ろ手にドアを閉めたとき、マーガレットは、その日最初の衝撃に見舞われた。思い描いていたその人物が、たたんだ傘を腕にかけて道路の向かい側に立っていたからだ。

「まあ、リーダーさん！」彼女は声を上げた。

「あなたには七分の時間があります」大きな腕時計を覗き込みながら、リーダー氏は言った。「二人のために三十分の時間を取ったのですが——あなたは二十三分と数秒を使ってしまいましたからね」

「わたしがこの家の中にいたのをご存知でしたの？」彼女は尋ねる必要もないようなことを尋ねた。

「ええ——あなたのあとをついて来たものですから。わたしは、アニー・フェルサム夫人は好きではありませんね——彼女は自分のことをマダム某《なにがし》とかと呼んでいるようですが。よいクラブではありませんよ」

「クラブですって！」マーガレットは息を呑んだ。

リーダー氏が頷く。

「彼らはマフィン・クラブと呼んでいます。奇妙な名前に——奇妙な人間たちの集まりです。よいクラブではありません」

彼女はそれ以上訊かなかった。ただ黙って、ブロックリーの自宅まで送ってもらった。マダムが何故、メイフェアでお祭り騒ぎをする会の新会員に、自分のような人間を選んだのだろうかと考えながら。

そしてリスキー氏のほうでは、ひどく混乱するような出来事が立て続けに起こっていた。忙しい身の彼は、作戦の実行を延期しなかったことをかなり後悔していた。恐らく偶然ではあろうが、ピカデリーでリーダー氏とはち合わせたとき、彼は、自分がある点でしくじっていたことを悟った。

「〝これはこれは〟おはようございます、リスキーさん」リーダー氏は申し訳なさそうに声をかけた。「あの生憎《あいにく》の出来事には本当に心を痛めていたのですよ。でも、信じてください。わたしは決してあなたに恨みを抱いたりなどしていませんから。共感していただけないことはわかっていますが、わたしとしては、あなたと仲良くやっていくことだけが望みなのですよ」

リスキーは相手を睨みつけた。どうやら、目の前の老いぼれはひるんだらしい。おどおどと和解を申し出る声が確かに震えている。

「いいんですよ、リーダーさん」最大限に魅力的な笑みを浮かべて、モウは答えた。「わたしも根に持ってなどいませんから。結局、言うのもばからしいことだったたんだし、あなたは自分の義務を果たさなければならなかったんですから」

モウは、次から次へと陳腐な言葉を並べてしゃべり続けた。リーダー氏は明らかにほっとした様子で耳を傾けている。

「世の中は罪と厄介事で満ち満ちていますからね」悲しそうに頭を振りながら彼は答えた。「上下貴賤を問わず、あらゆる社会で悪がはびこり、善はヒナギクのごとく踏みにじられています。ところで、ニワトリを飼っておられますか、リスキーさん?」

モウ・リスキーは首を振った。

「これは、また残念な!」リーダー氏が溜息をつく。「ニワトリから学べることはたくさんあるのですよ! 不法者たちにとっては実に教訓的な具体例になるんです。刑務所の監督官たちがどうしてダートムーアの囚人たちに、この無害で有益な趣味に携わることを許さないのかと常々疑問に思うほどです。今朝早くにもパイン警部に話していたんですよ。警察がマフィン・クラブに踏み込んだとき――それにしても妙な名前ですね――」

「マフィン・クラブに踏み込んだ？」モウが突然、口を挟んだ。「どういう意味だ？　そんなことは聞いてないぞ」

「それはそうでしょう。ああいう類の集まりは、あなたには何の魅力もないでしょうから。わたしたちは単に、あの場所には一度踏み込んでおいたほうがいいと思っただけです。ただ、そうすることで、わたしのうら若き女友だちの不興を買ってしまったでしょうけれど。明日の夜、ディナーに呼ばれていたそうですからね。お話ししたとおり、ニワトリというのは――」

ここに至って、モウ・リスキーは自分の計画が頓挫したことを悟った。それでもまだ、相手の態度に戸惑っていた。

「もしよかったら、うちにいらして、わたしのバフ・オーピントン種をご覧になりませんか、リスキーさん？　わたしはブロックリーに住んでいるんです」リーダーは眼鏡をずらし、相手をじっと見つめた。「今夜九時ではいかがでしょう。お話できることがたくさんありますよ。それから――そのう――あまり人目に立たないようにいらしていただいたほうが、楽しみも増すというものです。言っている意味はおわかりですか？　例えば、職場の人間などには知られたくありませんからね」

リスキーの顔にゆっくりと笑みが広がった。その代価が現金であれ畏れであれ、すべての人間がそれぞれの価値を持っている。それが彼の信条だった。そして、この秘密協議への招待こそ、彼が有する力に対する敬意の表明だろう。

夜九時、彼は、リーダー氏がもう少し、歩み寄りへの道を進めてくれることを期待してブロックリーを訪ねた。しかし、奇妙なことに、年嵩《としかさ》の探偵はニワトリのことしか話さない。差し向かいで座り、テーブルクロスの上で両手を組み合わせた男は、自分が英国のニワトリ小屋に持ち込んだ鶏《とり》の性質を誇らしく思う気持ちで声を震わせている。モウは、心底うんざりしながらも待ち続けていた。

「お話ししたいことはまだあるのですよ。しかし、残念ながら、またの機会に延ばさなければなりません」訪問者がコートを着るのを手伝いながらリーダー氏は言った。「ルイシャム・ハイ・ロードの角までお送りしましょう。この辺りには、けしからぬ輩《やから》が大勢いるんです。こんなに治安の悪い場所にご招待して、あなたの身を危険に晒《さら》してしまったと後悔したくはありませんから」

もっとも、この世の中に、しごく上品で裕福な住民を襲う追剝《おいはぎ》が存在しない場所があるとすれば、ブロックリー・ロードにほかならないのだが。リスキーは招待主の同行を受け入れ、通りの端の教会へと歩いて行った。

「お休みなさい、リスキーさん」リーダー氏が丁寧な口調で言う。「今夜のすばらしい会合については決して忘れませんよ。あなたはわたしにとって非常に協力的な存在でした。わたしも、わたしが所属する組織も、決してあなたのことを忘れないと信じてください」

正直なところ、リスキーは面喰った状態で街中に戻った。翌日、午前中の早い時間に、手下どもの頭目であるテディ・アルフィールドが警察に逮捕され、三カ月も前の車両強盗の罪で告発された。

それが、不可解な出来事の始まりだった。次の出来事は、リスキーがポートランド・プレイスの自分のフラットに戻って来たときに起こった。そこで突然、おどおどとした探偵に引き止められたのだ。

「リスキーさんですか?」闇を覗き込むようにしてリーダー氏は声をかけた。「見つけられてよかった。一日中、あなたを探していたんです。先日、間違ったことを言ってしまって、気になっていたものですから。レグホン種のニワトリが砂地には適さないなんて。それどころか、正しくは──」

「なあ、リーダーさん、これはいったい何のゲームなんだ？」リスキーはぶっきらぼうに言い放った。

「ゲームですって？」リーダー氏は少し傷ついたようだ。

「ニワトリなんか、おれには何の関心もないんだよ。もし何か重要な話でもあるなら、一筆寄こしてくれ。そしたら、おれがあんたの事務所に行ってもいいし、あんたがおれのところに来てもいい」

リスキーは、公訴局長官事務所からやって来た男の脇を抜け、自分のフラットのドアを後ろ手に閉めた。ロンドン警視庁から出動した小隊がハリー・マートンの家を急襲したのは、それから二時間もしないうちだった。警察は、ハリーとその妻を豪勢なベッドから引きずり出し、盗まれた宝石類を不法に所持していた罪で二人を告発した。安全庫に隠していた盗品に足がついたというわけだ。

一週間後、エル・ラーバットとの極めて重要な打ち合わせから戻って来たリスキーは、後ろに迫ってくる重い靴音を聞いた。振り返ってみると、リーダー氏の悲しげな目が自分を見つめていた。

「お会いできてよかった！」リーダー氏は熱意を込めて言った。「いえいえ、ニワトリの話をしたいわけではありません。もっとも、この高貴で生産性の高い鳥にあなたが何の関心も持たれないことに、多少がっかりはしているのですが」

「じゃあ、いったい何の用なんだ？」リスキーの声は荒い。「おれはあんたには関わりたくないんだよ。そいつをさっさと理解してくれれば、それでいいんだ。ニワトリだの馬だの、そんな話は──」

「ちょっとお待ちください！」リーダー氏は顔を寄せ、声を落とした。「お会いして、内緒事を交換し合うのは難しいでしょうか？」

モウ・リスキーはゆっくりと笑みを浮かべた。

「ああ、やっとその気になってくれたわけだ？　結構。どこでも、あんたの好きな場所で会おうじゃないか」

「大砲記念碑の像付近のモール（セント・ジェイムズ公園内の散歩道）ではいかがです？　明日の夜、十時に？　そこなら、人に見られることもないでしょう」

　リスキーは小さく頷くと、いったい何を話す必要があるのかと思いながら歩み去った。その彼がけたたましい電話のベルの音で起こされたのは午前四時だった。そして、恐ろしいことに、手下の親分たちの中でも最も信頼のおけるオハラが逮捕され、一年も前の押し込み強盗の罪で起訴されたことを知った。知らせてくれたのは、もっと下っ端のリーダーの一人、カーターだった。

「どう思う、リスキー？」彼を心底驚かせた部下の声には、疑いの色が交じっている。

「どういう意味だ――どう思うって言うのは？　こっちに会いに来てくれないか。電話では話したくないんだ」

　カーターは三十分後に現れた。しかめっ面をした、猜疑心の強い男だ。

「で、いったい何が言いたいんだ？」二人きりになったところでモウは尋ねた。

「おれが言いたいのは、こういうことさ」カーターは唸るように答えた。「一週間前、あんたはルイシャム・ロードで老いぼれリーダーと話をしているのを見られている。その夜、テディ・アルフィールドがぱくられた。別の日、あんたはあの老いぼれと内緒話をしているのを目撃されている。その夜、今度は別の仲間が捕まった。昨日の夜は、おれがこの目で、あんたがリーダーと秘密めいたおしゃべりをしているのを見ている――そして今度は、オハラがしょっ引かれたんだ！」

　モウは信じられないという目つきで相手を見つめた。

「で、それがどうしたって言うんだ?」

「別に——おかしな偶然だっていう以外、何でもないさ」唇を捻じ曲げながらカーターは答えた。「手下どもが、このことであれこれと噂している。あいつらには気に入らないんだよ。だからって、連中を責めることはできないはずだ」

リスキーは遠い目をして、唇をつねっていた。これまでそんな偶然に気づくことはなかったが、言われてみればそのとおりだった。つまり、それがあの老いぼれのしかけたゲームだったのだ! あの男は密かに自分の権威を傷つけ、指摘されることがなければ、今のポジションから自分を払い落としかねない疑惑の波を引き起こしていたのだ。

「よくわかったよ、カーター」驚くほど柔らかな口調で彼は言った。「今、初めて気がついた。これから説明する。そしたらお前も、ほかの連中に何が起こっていたのか説明できるだろう」

リスキーは手短に、リーダー氏の招待について話して聞かせた。

「おれからだと言って連中に伝えてくれ。おれは今夜、あの老いぼれと会うことになっている。あいつが決して忘れることができないような落とし前をつけてやるつもりだとな」

部下が立ち去ったあと、この一週間のことを思い返しながら座っていたリスキーには、今やすべてがはっきりしていた。逮捕された三人は、長いあいだ警察から目をつけられていた。自分でさえ、彼らを救うことはできなかっただろう。逮捕劇は、巧妙なリーダー氏の都合に合わせて、ロンドン警視庁との申し合わせの上で行われたのだ。

「おれだって、あいつを〝巧妙に〟陥れてやる!」モウは、その日の残りを入念な準備のために費やした。

夜十時、彼はアドミラルティ・アーチ（ビクトリア王妃記念の凱旋門）の下を通り過ぎた。黄色っぽい霧が公園を覆い、細い雨が降り続いている。王宮に向かって、ぽつりぽつりと車が走り抜ける以外、生きているものの気配はない。

しっかりとした足取りで凱旋門を通り過ぎ、リーダー氏を待つ。十時を告げる鐘の音が響き、十五分が過ぎた。しかし、探偵は現れない。

「胡散臭い野郎だ」モウ・リスキーは歯のあいだから絞り出すように独りごち、ポケットの中に忍ばせた銃身の短い護身道具を持ちかえた。

パトロール中の巡査が、舗道に横たわり呻き声を上げているものに躓いたのが、十一時だった。懐中電灯の光を動かない物体に当てる。まず目に入ったのが、ムーア式ナイフの弧を描く柄。それから、刃物を突き立てられ、苦痛に顔を歪ませたモウ・リスキーの姿が浮かび上がった。

「どうしてこんなことになったのか、まったく見当がつかないんですけどねえ」パイン警部は考え込んでいる。（彼は、会議のために本部から呼ばれていたのだ。）「どうしてあなたは、ムーア人のラーバットの仕業だと確信しているんです？」

「確信しているわけではありませんよ」リーダー氏は慌てて誤解を正した。「あの日の午後、ラーバットに会って、彼の住まいでエメラルドを捜したものですから、ちょっと言ってみただけです――エメラルドなら間違いなく、まだモロッコにあると思いますけどね」彼は上役に向かって話しかけた。

「ラーバット氏は非常に理性的な人物ですよ。わたしたちのやり方について、自分は無知だとわかっているのですから」

「モウ・リスキーについは触れたのかね、リーダー君？」副長官が尋ねる。

リーダー氏は顎先を掻いた。

「言ったと思いますよ――ええ、確かに、十時にリスキー氏と会う約束をしていると話しました。待ち合わせの場所についても話したかもしれません。どうしてリスキーの話になったのかは、はっきりとは思い出せませんねえ。たぶん、あの生来純朴な人間を脅して、信じ込ませようとしたのかもしれません――〝脅す〟というのは品のない言葉ですが、わたしの言いたいことはおわかりいただけると思います――エメラルドについて一切話さないつもりなら、もっといろんな秘密を知っている人間に相談するしかないとか、何とか。たぶん、そんなようなことを言ったのでしょう。リスキーさんは、かなり長いあいだ入院しなければならないのですか？ 何とまあ、気の毒に。わたしは、決して自分を許さないでしょうね。もし、わたしの軽率な言葉が原因で、リスキーさんが病院に運ばれることになったのなら――しかも、生きたままで！」

リーダー氏が立ち去ると、長官はパイン警部を見やった。

警部が笑みを浮かべる。

「あの危険な爬虫類の名前は何というんでしたかね、長官？」パインは尋ねた。

「〝マンバ〟じゃないですか？ 覚えておかなければ」

7　珍しいケース

リーダー氏がまだ若かりし日のことだ。ハンサム型二輪馬車（御者が後方の一段高いところに立つ、二人乗り一頭立ての辻馬車）が稼ぎを求めて走り回り、海外へ向かう紳士がみな、コートの折襟に小さな花を飾っていた時代。彼は、ロンドン警視庁の駆け出し捜査員とともに、ノッティンガムの若い発明家を逮捕しに出向いたことがあった。警察にとっては好ましくない方法で、楽に生活ができる以上の金を稼いでいる男だった。この若者がつましい労働者のために考案したのは、機械でも独創的な装置でもなく――投機話だった。そしてそれは、とても世間に容認されるものではなかった。無知な市民のポケットから金を絞り出すことを目的としたほら話だったからだ。このエルター氏は、自分の作り話を吹聴するために二十五もの別名と住所を使用していた。爪先の四角い靴を履いたネメシス（ギリシア神話に登場する、人間の思い上がりを罰する女神）に腕をつかまれ、裁判の場に引き出されたとき、彼はまさに、巨大な富を築き上げている真っ最中だった。非情な裁判官は彼を、とんでもないペテン師、社会に対する脅威と評し、七年の服役を言い渡した――裁判官のこの評価に、ウィリー・エルターはうっすらと笑みを浮かべた。薄衣《うすぎぬ》のように繊細な象の神経に比べると、ずっと図太い神経の持ち主だったのだろう。

リーダー氏はこの一件をもっぱら、担当検察官の言及によって覚えていた。被告人が並べ立てた言い訳やごまかしについては批判的だったが、受刑者が提出した書類のことごとくに見出されたある特徴——"able"という単語を正しく綴《つづ》れない点——について、その人物は述べていたのだ。受刑者は、あたかも自分がカイン（聖書におけるアダムとイブの長子。弟のアベルを妬んで殺害する）の妬みの犠牲者でもあるかのように、必ずその言葉を間違えて綴っていた。

「どんなに独創的な人間でも、犯罪者には必ずこうした一致が見られるんですよ」と、その検察官は言った。「何を隠していようが、どれほど巧妙に、ある役割や見せかけを演じようとしようが、その人物が演じるどのキャラクターにも、必ず、はっきりとした弱点が存在するんです。とりわけ、詐欺やペテンを生業《なりわい》とする犯罪者には顕著ですね」

リーダー氏はこの言葉を、職業柄ずっと心に留めていた。彼がかつてロンドン警視庁と一緒に仕事をしていたことを知る者はほとんどいない。彼自身、その点についての質問は巧みに逃れていた。自分がずぶの素人《しろうと》であるように振る舞ったり、犯罪捜査での成功を、そもそも悪など存在しないところにも悪意を見出してしまう自分の心の邪悪さに帰結するところは、彼に特徴的な性格の良さと言えるだろう。

リーダー氏には、一見含みのなさそうな他人の行動の多くにも悪意が見えてしまう。それは、時代遅れで魅力的とは言い難い彼の外見を哀れに思いつつも、その内に秘められている暗い感情については何も知らない知人たちが与える評判のことを思えば、それなりに好都合だった。

ブロックリー・ロードの賄いつきの下宿屋に、とてもかわいらしい娘が住んでいる。彼がこのマーガレット・ベルマン嬢に好意を寄せていたのは、その器量の良さのためではなく、賢さのためだった——通常、この二つの特徴は相容れないものなのだが。リーダー氏はその娘のことがとても気に入っていて、しばしば一緒に同じ電車で帰って来た。皇太子や労働党政権、高騰する生活費、あるいは、もっと柔らかな話題について、二人は大いに意見を交わし合ったものだ。同じ家の下宿人、カーリン夫人について知ったのも、ベルマン嬢を通してだった。一度、彼女と一緒にブロックリーに戻って来たときに出会ったのは――苦労をその顔に滲ませた小柄でか弱そうな女性で、美しい目には悲しみの影がちらついていた。

リーダー氏は、同情心を露《あら》わにするよりもほのめかすことで、相手の信頼を勝ち取る天賦の才能に恵まれている。セリントン卿に呼びつけられるずっと以前から、彼がハリー・カーリン氏について知っていたのは、そういうわけだった。

夫人は夫について、憎しみの混じらぬ声で語った――それどころか、嘆きさえ含まれていない。結婚生活の短さにもかかわらず、彼女には夫のことがよくわかっていたのだ。一度、ついうっかりとではあるが、自分の夫には、もし彼がまともな人間であるなら、財産を遺してくれる裕福な親類がいることを漏らしてしまったことがある。彼女の息子は、いずれ時が来れば、偉大な肩書きの所有者になるのだそうだ――ただし、無一文ではあるが。カーリン夫人は、何とか自分の説明を修正しようと苦労していた。リーダー氏は、ブロックリーに流れ着いた貴族に疑わしい気持ちを抱いていたが、彼女の犯した間違いがどれほど大きなものであったとしても、相手が誠実な人間であることは確信していた。後日、その貴族の肩書きが、セリントン・アンド・マンフォールド伯爵の爵位であることを、彼は知った。

公訴局長官事務所に閑散期がやって来た。こんなときには、この世から犯罪がなくなったのかと思えるほどだ。リーダー氏は、一週間ずっと自分の小さな執務室に座り、自分の親指をいじり回したり、『タイムズ』紙の広告欄を読んだり、吸い取り紙に奇怪な人物像を描いたりして過ごしていた。あるいは、こうした作業を、日課にしている散歩に置き換えることもあった。もっとも、ロンドン市内でも、人々が娯楽としてはあまり選ばないような場所への散歩ではあったが。彼は、グレート・サリー・ドックス付近のスラム地区を歩き回るのが大好きだったのだ。テムズ河の北側に足しげく通うことは嫌いではなかった。波止場地区も然り。しかし、ライムハウス（ロンドン、イーストエンドの港湾地区。かつての中国人居住区）で過ごすことが多いのかと上役から尋ねられたときには、悲しげな笑みを浮かべて答えた。

「いいえ」穏やかな口調で返す。「そういった場所について読んだりはしますが――実際よりも、ずっと面白いと思いますよ――そのう――小説の中などでは。ええ、中国人がいますからね。中国人というのはロマンチックな人々です。彼らがライムハウスにロマンスの色合いを加えることはないにしても、イーストエンドでは一番まっとうで、法律が守られている場所ですよ」

ある朝、公訴局長官は主任捜査官にリーダー氏を呼びに行かせた。彼は期待に胸を膨らませ、軽い足取りで呼び出しに応じた。

「外務省に出向いて、セリントン卿と話をしてきてくれたまえ」と長官は言った。「甥っ子のハリー・カーリンのことでかなり心配しているようなんだ。名前は聞いたことがあるかね？」

リーダー氏は首を振った。つかの間、生計のためにタイプ打ちをしている、顔色の悪い娘と結びつけることができなかったのだ。

「かなりの問題児でね」長官が説明する。「しかも、不幸なことに、セリントン卿の後継ぎなんだ。あの老人は、自分の考えの正しさをきみに確認してもらいたいんだと思うよ」

「おや、まあ！」リーダー氏はそう呟《つぶや》いて、ひっそりと出かけて行った。

外務次官であるセリントン卿は独り身で、かなりの金持ちだった。一九一二年当時、すでに裕福であった彼は、大地主の自分にとっては不都合に作用すると思われる、ある法律制定の混乱期に、自分の土地を売却し、(専門家の助言に逆らって)アメリカ企業の株に結構な額の財産を投資した。戦争が彼の財産を三倍にした。石油産出国への巨額の投資が、彼を何度も百万長者に押し上げた。慈善家で、小さな子供たちの世話に身を捧げる団体に気前よく寄付をしている。彼自身、『イーストリー子供の家』の創設者だが、ほかの似たような団体にも多額の金を出していた。やせ型の、かなり気難しい顔をした男。リーダー氏が申し訳なさそうに、身体を斜めにして部屋に滑り込むと、もじゃもじゃの眉毛の下からぎろりと睨みつけてきた。

「あんたがリーダーかね?」低く唸るものの、明らかに、訪問者に関心はなさそうだ。「まあ、かけたまえ、かけたまえ」不機嫌そうに声をかけ、リーダー氏がドアを閉めたのをちゃんと確認しなかったとでも言うかのように、出入り口に向かって行く。やがて戻って来ると、テーブルの反対側の椅子にどさりと腰を下ろした。「警察に届ける前に、あんたを呼びにやったんだ」そう、話し出す。「ジェイムズ氏からあんたのことを聞いていたからね、リーダーさん。思慮深い紳士だと」

リーダー氏はわずかに頭を下げた。気まずい沈黙が長く続いたが、次官が急に、苛々とした口調で話し出したことで、それは途切れた。

「わたしには甥がいてね——ハリー・カーリンというんだが。ご存知かね?」

「ええ」リーダー氏は正直に答えた。外務省へと歩いて来るあいだに、彼は、あの見捨てられた妻のことを思い出していたのだ。

「それなら、褒められた点など何一つないことも知っているだろう!」次官は声を荒げた。「できそこないの浪費家で、自分が継ぐ家の恥さらしだ! もし、弟の子供でないなら、今夜は閉じ込めてやる——あの悪党めが！　請求書が四枚もあるんだ——」

男は不意に黙り込むと、乱暴に引き出しをあけ、取り出した手紙をテーブルの上に叩きつけた。

「読んでみたまえ」そう言い放つ。

リーダー氏は鼻から眼鏡を少し遠ざけ（本当に何かを読むときには、逆にぎゅっと目もとに近づけるのだが）、中身に目を通した。レターヘッドは『子供たちのためのイーストリー・ホーム』。内容としては、簡潔な五千ポンドの要求で、その夜、人に取りに行かせると書かれていた。サインは〝アーサー・ラサード〟。

「ラサードについても、むろん知っているだろうな？」次官は尋ねた。「わたしの慈善事業でつき合いのある紳士だ。ホームに隣接する土地を購入したので、その代金を支払うことになっていた。あんたも知っているかもしれんが、客に代わって売却した土地の代金を、決して小切手では受け取らない弁護士がいる。それで、わたしは金を用意し、秘書に預けた。ラサードのところの人間が、その金を取りに来ることになっていたんだ。ちゃんと取りに来たのであれば、あんたに話す必要などない」

厳《いか》めしい顔で次官は続けた。「誰が企んだにせよ、うまく練られた計画だったというわけだよ。昨夜、わたしが貴族院で演説をするのは周知の事実だった。わたしが最近、秘書を変えたことも、その秘書がわたしの知り合いとはほとんど面識がないことも。髭面の男が六時半に金を取りに来て、ラサード氏からのメモを差し出した。それが、その金についての最後の情報だよ。今朝、アメリカ通貨に換金されたという事実が判明した以外は。もちろん、どちらの手紙も偽物だった。ラサードはそのどちらにも署名していないし、金の要求もしていない。そもそも、まだ何週間も必要ではない金だったんだ」

「この取引について知っている人物はいたのですか？」リーダー氏は尋ねた。

次官はゆっくりと頷いた。

「甥が知っていたよ。二日前に、金を借りに来たんだ。亡くなった母親が残した土地から少しばかりの収入はあるが、あの湯水のような金の使い方ではとても足りない。エクス（フランス南東部の都市）から無一文で帰って来たのだと、臆面もなく言いおった。ロンドンに戻って来てどのくらいだったのかは知らんが、期日が来たら支払えるように銀行から引き出した金を秘書が持って来たとき、わたしの書斎にいた。どうしてそんな大金を家に置いておくのか話してしまったのは、大失敗だったよ。どういうわけで、やつが貸してくれと望んだ千ポンドを融通してやれないのかについても」彼はむっつりとした顔で説明を加えた。

リーダー氏は顎先を掻いている。

「わたしは何をすればいいんです？」

「カーリンを見つけてくれ」セリントン卿は鼻を鳴らさんばかりだ。「しかし、一番の望みは金を取り戻すことだ――わかっているな、リーダー？　やつに伝えるんだ。もし、金を返さないなら――」

リーダー氏は天井蛇腹をじっと見つめていた。

「重罪を示談にするよう言われているように聞こえますね、閣下」恭しくそう答える。「しかし、特殊な状況では、特殊な方法を用いなければならないでしょう。金を取りに来た黒髭の男というのは、恐らく」――彼は、そこで言い淀んだ――「変装していたのでしょうね？」

「もちろん、そうだろう」次官は苛立たしげに答えた。

「人はそのように考えるものです」リーダー氏は溜息交じりに言った。「しかし、現実の世界で、髭面の見知らぬ人物が現れるなど、そうそう起こることではありませんねえ！　甥御さんの住所を詳しく教えていただけませんか？」

セリントン卿はポケットからカードを取り出し、テーブル越しに放って寄こした。カードはそのまま床に落ちたが、男は謝りもしない。そんな類《たぐい》の人間だった。

「ジャーミン・マンション」立ち上がりながらリーダー氏は言った。「何かできることがないか、調べてみましょう」

セリントン卿が何やら呟いている。小声で別れの言葉でも言ったのかもしれないが、たぶん、そんなことはないだろう。

ジャーミン・マンションは、間口の狭い非常に小さな建物だった。リーダー氏が知ってのとおり——彼は、非常に多くのことを知っているのだが——住宅用のフラットが集まった建物で、元執事だった人間が管理している。その人物もまた、間借り人の一人である。あとでわかったことだが、ハリー・カーリンが在宅していたのは、非常に幸運なことだった。数分もしないうちに、公訴局長官事務所から来た男は、ジャーミン・ストリートを見下ろす貧相な居間に通されていた。

背の高い若者が窓際に立ち、陰鬱な面持ちで、狭いが活気のある通りを見下ろしていた。リーダー氏の訪問を告げる声に、その若者が振り返る。細長い顔に狭い額、小さな目。もし彼が、家系的な特徴や欠点を受け継いでいたとすれば、苛立ちやすさが一番顕著な点だろう。

開いたドア越しに乱れた寝室が見えた。大陸の国々のラベルでいっぱいの、使い古された大きな旅行鞄がリーダー氏の目を捕える。

「いったい何の用なんだ？」カーリン氏は尋ねた。その口調にもかかわらず、底には不安が隠れていることをリーダー氏は見て取った。

「座ってもよろしいですか？」探偵は、相手の勧めも待たずに壁際の椅子を引き寄せ、慎重に腰を下ろした。素人下宿に備えつけてある椅子の程度など、よくわかっていたからだ。

彼の冷静な態度や声に滲む威圧感が、ハリー・カーリン氏の不安を煽っていた。リーダー氏が訪問の目的について単刀直入に切り出すと、若者の顔が青ざめた。

「はっきりとは申し上げにくい問題です」リーダー氏は自分の膝をさすりながら言った。「そういう状況になった場合、わたしは通常、単純明快な言葉を使います」

文字どおり、彼は単純明快な言葉で説明した。話も半ばにさしかかったところで、カーリンは息を詰まらせて座り込んだ。

「ちょっと待って――待ってください！」どもりながら相手を遮る。「あの人でなしが――！　請求書のことでいらしたんですよね――つまり――」

「〝つまり〟」リーダー氏は慎重に言葉を選んだ。「もし、ご親戚をからかっただけというなら、少しばかり冗談が過ぎたということです。お金を戻してくれるなら、セリントン卿も、度を越した悪ふざけとして済ます用意があるとおっしゃっています――」

「でも、ぼくは、あいつの汚い金になんか触ってもいないんですよ！」若者は叫ぶように言い返した。「あいつの金なんか欲しいものか――」

「しかし、実際には」リーダー氏は穏やかに言い返した。「ひどくお金を必要としているはずですよ。あなたは、ホテル・コンチネンタルの宿泊費を踏み倒している。何人もの紳士から六百ポンドもの金を借りている。ここには、フランスであなた宛てに出された令状もあります。世間一般では通常――

ああ――〝不渡り〟と呼ばれる小切手を振り出したことに対するものですが。実際――」リーダー氏は再び顎先を掻き、考え深げに窓の外を眺めた。「ジャーミン・ストリートであなたほど金に困っている人間は、ほかにはいないのではありませんか」

カーリンが口を挟みたそうな気配を見せたが、中年の訪問者は冷たく先を続けた。

「ロンドン警視庁の犯罪記録部で一時間ほど費やしてきたのですが、あなたの名前は見つかりませんでした、カーリンさん。あなたは――そのう――不名誉な評判が広がる前に、かなり慌ててロンドンを離れたようだ。確か、〝請求書〟とおっしゃいましたね？　あなたには、警察があなたについてよりも少しばかり多く情報を集めている人々とのつき合いがある。それは、周知の事実です。それに、極めて評判のよくない競馬詐欺師とのつき合いも。加えて、支払期限が過ぎた少額の滞納負債の中には――ああ――見捨てられたままの若い細君も含まれているのではないですか。今は、シティの事務所でタイピストとして働いていらっしゃいますが。それに、あなたが決して援助をすることのなかった小さな息子さんも」

カーリンは干からびた唇を舐めた。

「それだけですか？」鼻で笑うような態度を繕っていても、声が震えている。戦慄《わなな》く両手が、内心の動揺を漏らしていた。

リーダーは頷いた。

「わかりました、説明しましょう。ぼくだって、妻にちゃんとしたことをしてやりたいのはやまやまなんです。彼女に相応のことをしてやれなかったのは事実ですよ。でも、そうするだけの金がなかったんです。あの老いぼれは、いつだって大金持ちだった！　ぼくは、あいつのただ一人の親族なんです。それなのに、やつが何をしてくれたって言うんです？　金は全部、あの〝子供たちの家〟行きだ！　五千ポンドであいつをぶん殴ってくれるやつがいるなら、せいせいするのに！　自分でそんなことをする気はさらさらありませんけどね。誰かがやってくれるなら大喜びです――それが、誰であっても。有り金は全部、キーキーうるさい陰気な顔のチビどもにくれてやるのに、ぼくには一銭も回ってこないんだ！」

リーダー氏は一言も挟まず、若者に喚《わめ》かせておいた。ついに、力尽きたカーリンが椅子に座り込み、睨みつけてくる。

「あいつに伝えてください」息も切れ切れに若者は訴えた。「あいつに、そう伝えてください！」

リーダー氏は何とか、ポルトガル・ストリートにある小さな事務所を訪ねる時間に間に合った。セリントン卿の様々な慈善事業の本部を集めている場所だ。アーサー・ラサード氏は明らかに、彼の高貴な後援者と連絡を取り合っていたらしい。リーダー氏が名を告げるとすぐに、その事務所の管理者がいる簡素な部屋に通された。

セリントン卿が自分の事業のアシスタントに、管理者として名高いアーサー・ラサード氏のような人物を雇い入れた点には、何の不思議もなかった。慈善事業界におけるラサード氏の活動は多岐にわたっている。がっしりとした体格、陽気な赤ら顔で頭の禿げ上がった男は、慈善事業に携わる人間に降りかかる様々な苦難を乗り越えてきた人物で、つい最近受けたハリー・カーリンの訪問にも、さして動じているふうはなかった。

「意地の悪いことは言いたくないのですがね」と彼は説明を始めた。「あんなへたな言い訳で訪ねて来たのでは、わたしの書きつけを手に入れるのが本来の目的だったと勘繰りたくもなりますよ。実際、わたしは数分間、彼をこの部屋に残して席を外しましたから、そうしようと思えば、くすねることだってできたわけです」

「どんな口実だったんです?」リーダー氏が尋ねると、相手は肩をすくめた。

「金の無心です。最初は礼儀正しく、伯父を説得してくれるよう頼んでいたのですが、そのうち口汚く罵り始めましてね。わたしも、彼から金を奪い取る共犯者だと言い出したんです――わたしと〝わたしの慈善事業〟が!」

ラサード氏はくすりと笑いを漏らしたが、すぐに厳めしい顔に戻った。

「わたしには状況がよくつかめませんでしてね」そう続ける。「あの若者が自分の伯父に対して疾《やま》しいことをしたのは確かですよ。何と言っても、伯父のことを怖がっていましたから!」

「カーリン氏があなたの名前をかたって、金を手に入れたとお思いなのですか?」

管理者は絶望的な様子で両腕を広げた。

「ほかの誰を疑えます?」

リーダー氏は、犯罪に使われた手紙をポケットから取り出して、もう一度目を通した。

「ちょうどセリントン卿と電話で話をしていたんですよ」ラサード氏が続ける。「彼はもちろん、あなたからの報告を聞きたがっています。もし、あなたが、あの若者に罪を認めさせることができなかったなら、セリントン卿は今夜、自分で甥に会って訴えるつもりでいます。あのカーリン氏がこんなことをしたとはとても信じられませんが、状況が状況ですからね。彼には会えたのですか、リーダーさん?」

「会いましたよ」リーダー氏はぼそりと答えた。「ええ、もちろん、会いましたとも!」

アーサー・ラサード氏は、探偵が到達した結論を推し量ろうとでもするかのように相手の顔をまじまじと見つめた。しかし、リーダー氏の顔は、世の悪評どおり無表情のままだった。

彼は力ない手を差し出して、次官の屋敷へと戻った。面談は短時間で終わったが、総じて不愉快なものだった。

「あいつがあんたに白状するなんて期待もしていなかったさ」侮蔑も露《あら》わにセリントン卿は言った。「誰かがあいつに灸をすえてやらなきゃならないな、まったく！　それが、わたしというわけだ！　今夜、会ってみるよ」

咳の発作がセリントン卿を襲った。彼は、机の上に置いてあった小さな薬瓶から、凄まじい勢いで薬を飲み下した。

「今夜、やつに会ってみる」喘ぎながら、そう続ける。「そして、わたしがどうするつもりでいるのかを聞かせてやるさ！　今までは容赦してきた。何と言っても、あいつは身内だし、爵位を継承する立場なんだから。しかし、もうたくさんだ。わたしの財産はすべて慈善事業に寄付する。わたしだって、まだ二十年はぴんぴんしているだろうが、一銭たりとも――」

彼はそこで言い淀んだ。セリントン卿は決して、自分の感情を偽れる人物ではない。人間というものをよく理解しているリーダー氏には、彼の胸の内の葛藤が手に取るようにわかった。

「あいつは、そんなチャンスなどなかったと言っている。ひょっとしたらわたしは、やつのことを公平に扱っていなかったのかもしれない――まあ、いずれわかることだ」

セリントン卿はリーダー氏を、書斎に迷い込んで自分のプライバシーを侵害する犬か何かのように、手を振って追い払った。リーダー氏にはまだ伝えたいことがあったのだが、渋々立ち去った。

秘密めいた調査を行う際、彼はいつも、ブロックリー・ロードの自宅にある古めかしい書斎に引きこもる。二時間ものあいだ、彼は自分の机から電話をかけ続けていた——話し相手が私営の馬券業者たちだったことは、非常に興味深い事実だ。多くの業者たちが彼のことを知っていた。贋金造りの世界で彼が偉大な専門家だったころ、大抵は知らぬままであったにしろ、ある偽造者の媒体となっていた人々と接触を持つことがあったのだ。その偽造者は彼らを通して、自らの作品——あるいは、それ以上の頻度で、自分が手に入れたものを世の中に流通させていた。

それは金曜日、組織の代表と呼ばれる人々の多くが、夜遅くまで自分の事務所で仕事をしている日のことだった。八時、リーダー氏は手紙を書き終え、配達人を電話で呼んで、重要な要件を伝える書類を運ばせた。

そのあとは、これまでの出来事について考え、書斎の二つの棚を埋める薄いスクラップブックから自分の記憶を呼び起こすことで費やした。

その夜、別の場所で起こった出来事については、証人席での大まかな証言に説明してもらったほうがいいだろう。リーダー氏との面談を終えたセリントン卿は、風邪による熱で苦しみながら帰宅した。秘書の証言によると、事前に取りつけていた甥との面談の延期を望んだほどだった。カーリン氏が滞在するホテルに電話を入れたが、相手はすでに外出していた。午後九時まで、セリントン卿は数多くある慈善事業の事務処理にかかりきりで、その場にラサード氏も同席していた。寝室に続く小さな書斎で、彼は仕事をしていた。

九時十五分、カーリンが到着し、執事によって二階に案内される。後日、その執事は、言い争う声を聞いたと証言している。カーリン氏が階下《した》に下りて来て外に出たとき、時計が九時半を打った。数分後、セリントン卿の従者がベルで呼ばれ、主人の寝支度を手伝うために二階に上がった。

翌朝七時半、隣の部屋で寝起きをしている従者が、お茶を用意して主人の部屋に入った。そこで彼は、うつ伏せで床に倒れている雇い主を発見した。すでに死亡しており、死後数時間は経っていたようだ。外傷はなく、ひと目見た限りでは、六十歳の男が夜間に倒れただけのように見えた。しかし、どこか普通ではない気配が窺われる。セリントン卿の寝室には、壁に備えつけの小さな金属製の金庫があるが、従者が最初に気づいたのは、その金庫の扉があいており、書類が床に散らばっていることだった。暖炉の火床には紙が山積みになっており、一部分を除いては完全に焼け焦げていた。

従者はすぐに医者と警察に連絡をした。その時点で、この一件はリーダー氏の有能——able——な手から離れたことになる。

同じ日の昼近く、彼は調査の結果を上司に報告した。

「殺人ですね、残念ですが」がっかりした面持ちで彼は告げた。「内務省お抱えの病理学者は、トリカブトの毒による毒殺だと断言しています。炉床の書類は写真に収められていますが、セリントン卿の遺言状に間違いないでしょう。自分の財産は、様々な慈善事業に寄付するという内容の」

彼はそこで言葉を止めた。

「それで?」上官が尋ねてくる。「それはどういう意味なんだ?」

リーダー氏は咳払いをした。

「つまり、その内容が証明できないのなら——わたしには無理だと思えますが——セリントン卿は何の遺言も残さずに死亡したことになる、という意味です。財産は、称号とともに——」

「カーリンへ、ということかね?」長官が驚いて尋ねる。リーダー氏は頷いた。

「ほかにも燃やされていたものがあるんです。横長の小さな紙きれが四枚。ピンでしっかりとまとめられていました。これも、まったく判読は不可能です」そう言って、再び溜息をつく。長官は顔を上げた。

「セリントン卿の帰宅後、地区配達人によって届けられた手紙については、何も言ってなかったね」

リーダー氏は顎先を掻いた。

「ええ、それについては報告していませんでした」渋々認める。

「それは見つかっているのかね？」

リーダー氏が躊躇《ためら》う。

「さあ、どうでしょう。見つかっていないと思いますが」

「その手紙が、事件の解決に何らかのヒントを与えてくれるだろうか？」

リーダー氏は決まり悪そうに、顎先を掻いている。

「恐らく、そうなのでしょうね」そう答え、「失礼してもよろしいですか？　サルター警部が待っているものですから」と、長官がさらに質問を重ねる間もなく、彼は部屋を出て行った。

リーダー氏が戻って来たとき、サルター警部は苛々とした様子で狭い部屋の中を行ったり来たりしていた。二人は連れ立って建物の外に出た。彼らを待っていた車が、数分もしないうちにジャーミン・ストリートへと二人を運ぶ。フラットの外では、私服警官が三人、明らかに自分たちの上司の到着を待ち構えていた。警部がリーダー氏をすぐ後ろに従えて、建物の中へと足を踏み入れる。リーダー氏が口を開いたのは、階段を半分ほど上ったところだった。

「カーリンはあなたのことを知っていますか？」

「もちろんです」警部は断固とした口調で言い切った。「やつが英国から逃げ出す前に、とっ捕まえてやろうとずいぶん頑張ったんですから」

「ふーむ！」リーダー氏が答える。「彼があなたのお顔を知っているとは困りましたねえ」

「どうしてです？」警部は階段の途中で立ち止まって尋ねた。

「わたしたちが車から降りるところを彼が見ていたんですよ。顔がちらりと見えました。それに――」

警部が突然、足を止める。銃声が建物の中に響き渡った。サルターは間髪を入れず、階段を一段とばしで駆け上がり、カーリンが借りている部屋に走り込んだ。

倒れている男の姿をひと目見ただけで、遅過ぎたことは明らかだった。警部が死んだ男の脇に膝をつく。

「殺人事件の裁判にかかる国費が節約になったな」彼は、そう呟いた。

「そうでしょうか」ひっそりとした声でリーダー氏は答え、理由を説明した。

三十分後、自分の事務所から出てきたラサード氏は、探偵に肩を叩かれた。

「エルターさんですね」探偵は言った。「殺人の容疑でご同行をお願いします」


「実に単純なケースだったのですよ」リーダー氏は上司に説明した。「エルターのことはもちろん、個人的に知っていました。特に、“able”という単語を正しく綴れないという理由で覚えていたのです。金の無心のために、彼がパトロン宛てに書いた手紙の中で、この特徴に気づきました。五千ポンドを引き出したのはエルター自身ですよ。わたしは、そう確信しています。彼は、今も昔も根っからのギャンブラーで、膨大な借金を抱えていることを突き止めるのに、さほどの調査は必要ありませんでした。金を返さなければ、タッターソール（一七七六年創設のロンドンの馬市場）の委員会に訴えてやるとある馬券業者から脅されていたことも。そんなことになれば、子供たちの博愛的な管理人、ラサード氏の身の破滅です。ちなみに、それが常に、エルターが自分に振り分けてきた役割でした。嘘っぱちの慈善団体を経営する――博愛的な目的で金を寄付しようとするカモを見つけるには、この上なく簡単な方法ですからね。何年も前、わたしがまだ若かりし日のことですが、彼に七年の刑を科すのに少しばかり手を貸したことがありました。それ以来、彼の姿を見かけることはなかったのですがねえ。セリントン卿が受け取った手紙を目にするまでは。彼にとって不運だったのは、こんな一行が含まれていたことです。『わたしからの使いに、あなたが金を持たせてくれることが<ruby>できる<rt>ヽヽヽ</rt></ruby>――abel――なら、ありがたいのですが』。彼は、エルター方式で"able"という言葉を綴っていたのです。ラサード氏を訪ねて行って確めたことです。それで、わたしはセリントン卿に手紙を書きましたが、どうやら、その夜の遅くまで読んでくれなかったようです。

エルターはその夜、早い時間にセリントン卿を訪ね、長いあいだ話し込んでいた。セリントン卿が、いかにろくでなしとは言え、自分の甥っ子を無一文にしておいていいものかどうかについて疑問を表したというのは、わたしの推測でしかありません。エルターは、老人の金を手に入れる計略が失敗することを恐れていた。加えて、この一件にわたしが登場したことで、その恐れが膨れ上がっていたのでしょう。彼はその夜、セリントン卿を殺害することを決心し、トリカブトを持って相手の家を訪ねた。そして、セリントン卿がいつも机の上に置いておく薬瓶に、その毒を投入したというわけです。老人が、自分の甥には財産を相続させないという遺言状を破棄したのが、毒を盛られたと気づく前だったのか、あとだったのかは、我々にはわからない部分です。ラサードがエルターだと確信したとき、専属の配達人に頼んで手紙をストラトフォード・プレイスに運ばせたのですが——」

「専属の配達人が届けた手紙だったのかい？」

リーダー氏が頷く。

「セリントン卿が遺言状を焼却したとき、すでに毒が回っていたことは十分に可能です。彼はそのとき、カーリンが偽造した四枚の請求書も一緒に燃やしています。老人が甥っ子を脅す材料として振りかざしていた請求書です。カーリンは伯父の死を知っていたのかもしれませんね。彼は間違いなく、車から降り立った警部に気づいていた。そして、偽造罪で逮捕されると思って、自殺したんです」

リーダー氏は口をすぼめた。憂鬱そうな顔が延びる。

「カーリン夫人のことなど、知らなければよかったですよ——彼女と同じ下宿屋に住んでいるわたしの知人が言っているんです。物語の中では許される偶然の一致も、実生活の中では惨《むご》いものになると。わたしたちが当然のものとして信じている物事の理屈を、それは揺るがしてしまいますからね」

8　投資家たち

グレーターロンドンには七百万人もの人間がおり、その七百万のそれぞれが理屈の上でも実際上でも法の下《もと》では平等で、一般的には地域社会にとって尊い存在だと見なされている。そのため、もし故意に悪事を働く者があれば、ほかの者がその人物を罰しなければならない。そして、もし、事前に計画された暴力によって死亡する者があれば、その殺害者は絞首刑に処せられなければならないのだ。

いかに厳しい法の目をしても、七百万の人間を監視することは極めて難しい。決して一カ所に留まらず、普段から特定の住居を持たない百万人の人々についてはなおさらのことだ。住居はあるものの、周囲の住人と交友を持たない約二万人の人々の居所をつきとめるのもまた、同様に難しい作業である。こうした人々には、売春婦、裕福な環境にある年齢のいった未婚女性、様々な犯罪社会を渡り歩く連中、友人を持たない孤独な人々などが含まれる。

警察本部には時折、不穏な問い合わせが寄せられることがある。大抵は、ひどくおどおどとした腰の低い人々からだ。隣人のY氏を一週間見かけていないX氏。いいや、彼はY氏について知っているわけではない。知っている者など誰一人いない。友人もなく、調子のいい日には自分の庭をぶらついていた小柄な老人は、彼よりは周囲の人々と繋がりの深い隣人から見過ごされていたのだ。そして今、Y氏が庭をぶらつくことはない。牛乳は家に取り込まれることなく、ブラインドも下りたまま。巡査部長と巡査がやって来て、窓ガラスを破り中に入る。Y氏は家の中で死んでいた――餓死か、発作か、自殺か。そんな話なら、事は簡単だ。しかし、家は蛻《もぬけ》の殻、Y氏の姿が見えなかったとしたらどうだろう。事態は難しく、扱いにくいものになる。

エルヴァー嬢はスイスに出かけた。独身の中年女性で、いかにも快適な環境で暮らしていそうな身なりをしている。きっちりと家の戸締りをして彼女は出かけ、二度と戻って来なかった。スイス当局は彼女を捜した。ムッソリーニの配下にある非常に有能な男が、ドモドッソーラからモンテカッティーニまで北イタリアを捜索した。しかし、その捜索で、わずかに斜視気味の細面の未婚女性は見つからなかった。

そして、チャールズ・ボイソン・ミドルカーク氏。子供たちがうるさいと言って隣人と言い争っていた気難しくてパワフルな老人だが、彼もまたいなくなった。どこに出かけるかは、誰にも話していない。猫が三匹いるだけの一人住まいで、親しくつき合っている人間はなし。彼が、陰鬱な自分の家に戻って来ることはなかった。

その老人も裕福で、評判によると金銭にはうるさい人物だったが、アスベル・マーティン夫人もそうだった。働き者の姪っ子と同居する頑固な未亡人だ。自分の意図について何も知らせることなく、不意にいなくなるのが彼女の常《つね》だった。姪っ子のほうは、心身を何とか正常に保つだけのものを近所の商店から得ることを許されているだけなのに、マーティン夫人が戻って来たときには（いつもそうなのだが）、賭け事による巨額の負債が清算されて終わりになる。マーティン夫人は、ブローニュやパリ、ブリュッセルにまで足を延ばしていたものと思われる。しかし、ある日、彼女は出かけたまま戻って来なかった。半年後、彼女の姪は――最も安い新聞社を選び、支払日を考慮に入れながら、家出人広告を出した。

「おかしな事件だな」目の前に、この三カ月で姿を消した四人の人々（女性三人、男性一人）の書類一式を広げながら、公訴局長官は呟《つぶや》いた。

眉を寄せ、ベルを押してリーダー氏を呼ぶ。リーダー氏は、指し示された椅子に腰を下ろした。眼鏡越しにじっと相手を見つめ、呼び出された理由なら了解済みだが、まずは否定しておこうとでもいうように首を振る。

「この失踪事件について、どう思う？」上役は訊いた。

「悲観的な材料から前向きな材料など生み出せませんね」リーダー氏が慎重に答える。「ロンドンは、奇妙でおかしな人間でいっぱいの大都市ですから。不思議なことに、そこではそういう人々の大方が、いつもと違うことをするために失踪などしない――ああ――ありふれた生活を送っているのです」

「これらの事件の詳細には目を通しているかね？」

リーダー氏は頷いた。

「書類のコピーを持っていますから。サルターさんがご親切に――」

長官は困ったように頭を掻いている。

「わたしには何も見えてこないんだがなあ――共通することは何も、という意味だが。四件というのも、大きな街ではかなり低い比率だし――」

「十二カ月で二十七人なんですよ」探偵は申し訳なさそうに口を挟んだ。

「二十七人――確かかね？」上役は驚いている。

リーダー氏は再び頷いた。

「みな、小金を持っている人間です。毎月一日《ついたち》に銀行券で支払われる結構な額の収入を、揃って引き出している――とにかく、彼らのうちの十九人はそうです。残りの八人については、まだ調べなければならないのですが――金の出所については、みな一様に話したがりません。マーティン夫人以外、親しくしている友人も親戚もいない人間ばかりです。この類似点を除けば、彼らに共通する点は何もありません」

長官が睨みつけてきたが、リーダー氏に嫌味を言ったつもりはない。どんな程度のものであれ、そんなことは決してなかった。

「ご報告し忘れていたことがもう一点ありました」と彼は続けた。「彼らの失踪後、さらに金が振り込まれたことはありません。マーティン夫人がどこかに出かけていたあいだの入金はありましたが、最後の旅行に出かけたあとは止まっています」

「それにしても二十七人とは――確かなのかね?」

リーダー氏は、いなくなった人々の名前、住所、失踪日をすらすらと暗唱した。

「その人たちに何が起こったんだと思う?」

リーダー氏はしばし、むっつりとカーペットを見つめて考え込んでいた。

「殺害されたと考えるべきでしょうね」上機嫌とも言えそうな声に、長官が椅子から腰を浮かせた。

「今日はまた、えらく機嫌がいいようだな、リーダー君」茶化すように長官は返した。「彼らは、どうして殺されなければならなかったんだろう?」

リーダー氏は答えなかった。午後遅い時間の面談で、彼はもう帰りたかったのだ。非常に魅力的な若い女性と会う、暗黙の約束があったからだ。彼女は五時五分に、ウェストミンスター・ブリッジとテムズ・エンバークメントの角で電車を待っている。

リーダー氏の性質には、感傷的な部分などはまったく見られない。自分の手で裁かれた人間の運命や不運に対して彼が見せる同情など、完全な偽善だと言う人々がいる。その一方で、自分の努力や証言によって牢獄に送られる人々を見ることに、彼が心底、心を痛めていると信じる人々もいた。

人間性を啓発し、高めることになる優しい心とはまったく無縁の人物。自分の雇い主を女嫌いだと思っている家政婦は、友人たちにリーダー氏のことをこっそりとそう語っていた。彼の仕事のために身を捧げてきた十年間、坐骨神経痛の具合はどうかと尋ねたり、海辺で休暇を取ったほうがいいと勧めたりする以外に、雇い主が感情や優しさを表したことは一度もなかった。中年の坂はゆうに越えているが、人生の中で、最善を望むことを諦めたことなど決してない女性だ。すべての点で完璧な使用人。しかし、心の中では密かに雇い主を軽蔑していた。親しい知人たちの前では彼のことをやぼったい男と呼び、虐げられた妻から離れて一人で暮らしているのではないかと疑っていた。（リーダー氏に雇い入れられたときに説明したように）彼女は未亡人で、世の中のことをしっかりと――それも、かなりしっかりと――見てきた女性だった。

リーダー氏に対する表面的な態度は、尊敬と畏敬の念に溢れている。訪ねて来る客のおかしな性質にも、主人の卑しい知人たちにも我慢していた。爪先の四角い靴も、高々とした山高帽も受け入れたし、既製品の幅が広いアスコット・タイにお世辞を言ったりもした。リーダー氏はそのネクタイを、カラーの後ろで小さな留め金を使って留めていたのだが、そうしようとするたびに、留め金の爪で指を突き刺していた。しかし、どんな英雄崇拝にも限界がある。リーダー氏が毎日、うら若き女性を街にエスコートするために待つのを習慣としていること、そしてしばしば、その女性を家まで送るのを好都合だと思っていることを知ったとき、その崇拝も限界に達した。

年老いたばかほど救いようのない者はないし、年寄りと若い娘の結婚は必ず離婚裁判に帰結する（十二月の結婚数に対する五月、七月の離婚数の比率が表すように）。ハンブルトン夫人は友人たちにそう語り、友人たちもその意見に賛成した。彼女はよく、新聞の日曜版で見つけたお気に入りの記事の写しをテーブルの上に置いてやったものだ。リーダー氏が決して、その華々しい見出し文句を見落とすことがないような場所に。


老人のウェディング・ロマンス。

妻の背信が、悲しみの白髪老人を裁判所へ。


リーダー氏が、こうした人間ドラマに目を通したかどうか、彼女は知らない。彼は決して不釣り合いな結婚による悲劇について語らなかったし、毎朝九時、そして仕事が許すなら午後五時五分に、ベルマン嬢と会うことを止めなかった。

自分について話すことも、心を煩わす問題について触れることも、リーダー氏はめったにしない。そんな彼が、ほんの遠回しにでも、自分の仕事について話したのは驚くべき事実だった。マーガレット・ベルマン嬢が（知らず知らずにとは言え）、件《くだん》の失踪事件と間接的に繋がるような話題を持ち出すことがなければ、彼もそんなことはしなかっただろう。

二人は休暇のことを話していた。マーガレットは二週間、クローマー（イングランド東部、ノーフォーク州沿岸のリゾート地）に出かける予定だった。

「二日に立つ予定なの。月々の配当金が（ものすごく立派な言葉に聞こえない？）一日に出るはずだから――」

「えっ？」

リーダーはぐるりと首を巡らせた。大抵の会社の配当金は、半年ごとに支払われるはずだ。

「配当金ですって、マーガレットさん？」

相手の驚いた様子にほんのりと頬を染め、彼女は笑い出した。

「わたしが資産家だっていうことを、ご存知なかったの？」そう言って相手をからかう。「毎月十ポンドを受け取っているの――父が亡くなったとき、小さな家を遺してくれたのよ。その家を二年前に千ポンドで売って、すばらしい投資先を見つけたというわけ」

リーダー氏は頭の中で素早く計算した。

「十二・五パーセントほどの配当を受け取っているわけですか。なるほど、それはすばらしい投資先ですね。何という会社なんですか？」

マーガレットは躊躇《ためら》った。

「申し訳ないけれど、それは言えないの。つまり――そのう、かなりの秘密事項なのよ。南アメリカのシンジケートと関係があって――ええと、何て言うんでしたっけ――反政府組織に武器を供給している組織なの！　そんなふうにお金を稼ぐのは恐ろしいことだっていうのはわかっているわ――つまり、武器とかそんなものからお金を得るなんて。でも、すばらしい利率でしょう？　そんな機会を棒に振るほど、わたしには余裕はないわ」

リーダー氏は眉を寄せている。

「でも、それがどうして、そんなに厳重な秘密なんです？　尊敬に値するかなり多くの人々が、軍事関連のことからお金を得ていますよ」

それでもなお、マーガレットは理由を説明するのを渋った。

「わたしたち、誓約しているの――出資者たちっていう意味だけれど――その会社との関係は漏らさないって」彼女はそう言い訳した。「それが、サインしなければならない同意事項の一つなのよ。それに、お金は毎月ちゃんと入って来るわ。もう最初の千ポンドから三百ポンド近いお金を配当金として取り戻しているもの」

「ふうむ！」それ以上追及するほど、リーダー氏は愚かではなかった。また、明日という日もある。

しかし、翌朝にかけていた彼の期待は、みごとに裏切られた。不快な〝ジョーク〟を仕掛けてくる輩《やから》がいたのだ――この手のジョークにも、彼は慣れっこだった。彼を恨んで然るべき理由を持つ者がいたし、そうした人間の一人、二人が、彼のお節介な注目に仕返しを試みることなしに一年が過ぎることなど、決してなかったからだ。

「あんたがリーダーだろ？」

両手でしっかりと傘の柄を握りしめたリーダー氏は、階段の下に立つ薄汚れた男を眼鏡越しに見やった。ちょうど、ブロックリー・ロードの自宅からホワイトホールにある自分の事務所に出かけようとしていたところだった。秩序正しく、時間割に沿った仕事をしている彼のことだ、すでに貴重な時間の十五秒を無駄にしているこの妨害に、彼なりの穏やかな態度でリーダー氏は憤慨していた。

「あんた、アイク・ウォーカーをしょっ引いた人だろう？」

確かに、リーダー氏はたくさんの人間を〝しょっ引いて〟きた。職業はと問われれば悪人をしょっ引く者《ショッパー》、隠語を言い換えれば、悪事を行う人物を逮捕する者、ということになる。アイク・ウォーカーについてなら、よく覚えていた。賢い、本当に悪知恵の利く為替手形偽造犯だ。今はちょうど、ダートムーア既決囚刑務所で、かなり長く雑役夫として使われている。十二年の刑期の残りの期間、この簡単な仕事を手放さずにいられるのならラッキーだと思っているかもしれない。

訪問者のほうは険しい顔つきをした小男で、明らかに元々は、もっと胴周りのある堂々とした背丈の人間のために作られたと思《おぼ》しきスーツを着ている。ズボンは裾上げの跡が目立つし、ベストのほうも素人の仕立屋のでたらめ仕事で、布地を折り込んでひっ詰めた縫い跡だらけだ。仲間たちの仕事の手粗さに、唯一上等だった布地も擦り切れてしまったのだろう。茶色の険しい目がぴたりとリーダー氏に据えられている。しかし、探偵が見る限り、そこに脅しの色はなかった。

「ええ、確かにアイク・ウォーカーの逮捕には手を貸しましたよ」優しいとも言える声でリーダー氏は答えた。

男はポケットに手を入れ、油脂加工された緑色のシルクに包まれたよれよれの包みを引っ張り出した。リーダー氏が布地の包みを解くと、汚れて皺くちゃになった封筒が出てきた。

「アイクからだよ」男は言った。「昨日、出所した男にやつが持たせたんだ」

リーダー氏がこの意外な事実に驚くことはなかった。刑務所の規則など破られるためにあるものだし、最も規律の厳しい刑務所でさえ、こっそりと持ち出されるこんな手紙よりも深刻な問題を抱えていることも知っていた。男の顔に目を据えたまま封筒を開き、皺くちゃの紙を取り出して五、六行の文章を読む。

親愛なるリーダーへ——あんたにちょっとした謎かけをお贈りしよう。
ほかの人間が得たもので、あんたも得ることができるもの。おれがそれを得たことはないが、あんたの元にはじきに訪れるもの。あんたがそれを得たときには燃えるように熱いが、離れていくときには、あんたは冷たくなっている。

誠実なる友、アイク・ウォーカー

（あんたが証人台に立って嘘八百を並べてくれたおかげで、十二年の刑期を務めている者より）


リーダー氏が目を上げると、相手も彼を見つめていた。

「あなたのご友人は少々気が触れている。人はそう思っているのではないですか?」丁寧な口調でそう尋ねる。

「やつはおれの友だちなんかじゃない。ある男にそれを運んでくれと頼まれたんだ」運び屋は答えた。

「そうではないでしょう?」リーダー氏は愛想よく返した。「彼は昨日、ダートムーア刑務所であなたにこれを渡した。あなたの名前はマイルズ。これまでに八回、住居侵入で有罪判決を受けているが、年が明ける前に九回目の判決を受けることでしょう。あなたは二日前に出所しているはずですよ——ロンドン警視庁に出頭しているところを見かけましたから」

男は一瞬動揺し、二人は互いに腹の中を探り合った。ブロックリー・ロードの先を見やったリーダー氏の目が、スリムな人影を捕える。道角に立っていた人物が、停まっている路面電車に乗るために通りを渡った。待ち望んでいた機会が消え失せたのを悟ったリーダー氏は、予定を立て直した。

「中へどうぞ、マイルズさん」

「あんたの家になんか入りたくないよ」今や完全に動揺して、マイルズ氏は答えた。「これをあんたに渡してくれとやつに頼まれて、おれはそうしたんだ。ほかにはもう――」

リーダー氏は指を曲げた。

「中へどうぞ、小鳥さん！」この上なく上機嫌な口調だ。「お願いですから、わたしを煩わせないでください！　あなたをお友だちのウォーカー氏のところに送り戻すことなど、わたしには朝飯前のことなのですよ。機嫌を損ねたら、わたしほど扱いにくい人間はいませんからね」

伝令はおとなしく従った。玄関マットに激しく靴底を擦りつけ、カーペット敷きの階段をつま先立ちで上る。通されたのは、リーダー氏が考え事をするときにいつも使う大きな書斎だった。

「お座りなさい、マイルズ」

自らの手で、愉快とは言えない訪問者のために椅子を置き、もう一脚を大きな書き物机のそばに引っ張っていく。目の前に手紙を広げ、眼鏡の位置を直してから、唇を動かしつつ、リーダー氏は手紙を読み始めた。しかし、やがて、椅子の背に背中を預けてしまう。

「お手上げですね。この謎かけの意味を説明してもらえますか」

「その手紙に何が書いてあるかなんて、おれは知らないし――」言いかけた男をリーダー氏が遮る。

「説明してください」

テーブル越しに手紙を渡そうとしたとき、男はついにうっかりと本心を曝《さら》け出してしまった。ぎょっとした様子で椅子を押し戻して立ち上がる。恐怖に慄《おのの》く顔が、実に多くのことを語っていた。リーダー氏は手紙を机の上に置くと、サイドボートから大きなタンブラーを取り出し、さかさまにしたコップで走り書きがされた紙を覆った。そして――。

「待て」そう言い放つ。「わたしが戻って来るまで、そこから動くんじゃない」

その口調には、訪問者を震え上がらせるのに十分な、尋常ではない悪意が含まれていた。

リーダーはバスルームへと部屋を駆け抜けた。乱暴に両袖をまくり上げて蛇口を捻り、熱い湯を両手に走らせる。棚の上から小さな瓶を取り出して、ためた湯にたっぷりと中身を注ぐと、その中に両手を浸した。ネイルブラシで指を一本一本擦り、その手を乾かす。ここまで約三分。それからやっと、コートとチョッキを注意深く脱ぎ、浴槽の端にかけた。そして、シャツ姿のまま、不愉快な客のもとに戻って来た。

「我らが友人のウォーカーは、病院で働いているんですよね？」尋ねるというよりは、尋問に近かった。「あなたは何の病気にかかってそこに入院していたんです――猩紅熱《しょうこうねつ》？　それとも、もっと深刻な病気で？」

彼は、コップの下の手紙をちらりと見下ろした。

「もちろん、猩紅熱でしょう。この手紙は計画的に感染させられたわけだ。ウォーカーというのは実に賢い男ですね」

暖炉には薪が入れられていた。リーダーは手紙と吸い取り紙を暖炉に運ぶと、たきつけに火をつけ、燃え上がった炎にその紙を投げ入れた。

「実に賢い」考え込みながら彼は言った。「確かに、あの男は病院の雑役夫の一人です。猩紅熱だったと、あなたは言いましたね？」

男は、あんぐりと口をあけたまま頷いた。

「もちろん、悪性のタイプでしょう。何と興味深い！」

彼はポケットに両手を差し入れ、執念深いウォーカーが寄こした惨めな使者を、慈悲深い目で見下ろした。

「もう行ってもよろしいですよ、マイルズさん」優しく声をかける。「あなたは間違いなく感染しているでしょうね。そんな油脂加工されたシルクなんて、まったく不十分ですから――つまり、〝まったくの役立たず〟という意味です――浮遊する病原菌から身を守る術《すべ》としては。あなたは、三日のうちには猩紅熱を発病して、週の終わりにはたぶん死んでしまうでしょう。花輪を送ってさし上げますよ」

ドアをあけ、階段を指差すと、訪問者はこそこそと出て行った。

リーダー氏は、窓からその男の様子を見張っていた。通りを渡り、角を曲がってルイシャム・ハイ・ロードへと姿を消すのを見届ける。それからやっと寝室に足を向け、新しいベストとフロックコートに身を包み、手袋をはめると仕事へと出向いて行った。

マイルズ氏と再び顔を合わせるつもりなど、彼にはなかった。ダートムーアから戻って来た紳士が、再度の接触を引き起こしかねない〝押し入り〟を企もうなどとは、夢にも思っていなかった。リーダー氏にとって、この出来事はすっかり終わっていたのだ。

更なる失踪事件の知らせが警察本部からもたらされた日、リーダー氏は五時十分前に、件の娘を集合場所で待っていた。彼女が一筋の手掛かりを与えてくれる。彼は直感的にそう感じていた。今度こそ、有力な情報を聞き出せるはずだと彼は確信していたのだ。しかし、それができたのは、二人がブロックリー・ロードの端にたどり着くころになってからのことだった。娘の下宿先に向かってゆっくりと歩を進めていたとき、やっと彼女は取りつく島を与えてくれた。

「どうしてそんなに執着なさるの、リーダーさん?」娘は少しむっとした様子で尋ねた。「あなたも投資をなさりたいの？　でも、たとえそうだとしても、ごめんなさい、お力になれそうもありませんわ。新たな投資家を紹介しないっていうのが、もう一つの誓約事項なんですもの」

リーダー氏は足を止め、帽子を取って頭の後ろを掻いた（二階の窓から様子を見ていた彼の家の家政婦は、雇い主が結婚を申し込んで断られたのだと確信していた）。

「お話ししなければならないことがあります、ベルマンさん。そのことで——そのう——あなたを動揺させることがなければいいのですが」

彼は非常に簡潔に、失踪事件と、すべてのケースに見られる奇妙な一致——毎月一日に支払われる配当金の領収書——について説明した。話が進むにつれ、娘の顔が青ざめていく。

「真面目なお話なんですよね?」そう言う本人が、大真面目な顔で尋ねた。「そんなことお話しにならなかったでしょう?　もし、わたしが——。会社の名前は、メキシコシティ・インヴェストメント・シンジケートです。ポルトガル・ストリートに事務所があります」

「どういう経緯《いきさつ》で、その会社のことをお知りになったんです?」リーダー氏は尋ねた。

「そこのマネージャーのデ・シルヴォさんという方から手紙をもらったんです。ある友人からわたしの名前を聞いたと言って、投資の詳しい説明をしてくれました」

「その手紙はまだお持ちですか?」

彼女は首を振った。

「いいえ。彼らと会うときに持って来るようにと強く言われていましたから。でも、実際には、会社の方たちとお会いしたことは一度もないんですけどね」娘は微笑《ほほえ》んだ。「その会社の弁護士の方と連絡を取ったんです――お待ちいただけます？　弁護士からの手紙なら持っていますから」
娘が家の中に入り、小さな白い封筒を手に戻って来るまでのあいだ、リーダー氏は門の前で待っていた。ベルマン嬢がその封筒から四つ折りの紙を取り出す。ブレイチャー＆ブレイチャーという大手弁護士事務所の名前が上部に印刷された、いかにも弁護士からの書類という一般的な形式の手紙だった。

『拝啓』とその手紙は始まっていた。
『メキシコシティ・インヴェストメント・シンジケート。わたしたちは、この会社の顧問弁護士として働いておりますが、我々の知る限り、信用のおける会社です。当然ながら我々は、大き過ぎる利益を提供する会社には、いかなる組織であれ、投資などすべきではないとアドバイスする立場にあります。そこには通常、それなりのリスクが存在するからです。しかしながら、この会社が十二・五パーセント、ときには二十パーセントもの配当金を支払ってきたことは事実です。そのことで、我々が苦情を受けたこともありません。もちろん我々は、弁護士として、すべてのお客様の利益を保証することはできません。我々が確かめ得た事実から、この会社が誠実な事業を展開しており、極めて安全な配当金を喜んでお客様にお返ししている事実を繰り返しお伝えすることができるだけです。
敬具
ブレイチャー・アンド・ブレイチャー』
「デ・シルヴァという人には会っていないのですね？」

マーガレットは首を振った。

「はい。ブレイチャーさんにはお会いしましたけれど。その方の会社は同じ建物の中にあるのですが、訪ねてみたときには、事務の方が一人いらっしゃるだけでした。デ・シルヴァさんは街の外に呼び出されていたんです。手紙はそこに置いてこなければなりませんでした。手紙の下の部分が、投資の申込書になっていたものですから。元金の支払いには三日の猶予がある。その最後の条項が決定的だったのは確かです。デ・シルヴァさんから、わたしの投資を受け付ける旨の手紙をもらって、彼にお金を送ったんです」

リーダー氏は頷いた。

「それで、その後は、定期的に配当金を受け取ってきたのですね？」

「ええ、毎月」マーガレットは得意げに答えた。「だから、この会社と失踪事件を結びつけるのは、本当に見当違いだと思いますわ」

リーダー氏は答えなかった。しかし、ある日の午後、ポルトガル・ストリートの一七九番地を訪ねてみることにした。二階建ての、古臭い作りの建物だった。入り口には敷石の広いホール。時代がかった階段が〝最上階〟へと続いており、その階は中国の貿易商が占有している。一階のホールにはドアが三つ。左手に、〝ブレイチャー・アンド・ブレイチャー弁護士事務所〟の表札。その真正面がメキシカン・シンジケートの事務所。通路の突き当たりのドアには〝ジョン・バストン〟という名前が掲げられているが、バストン氏の職業については何の説明もなかった。

リーダー氏がシンジケートのドアを柔らかくノックすると、「どうぞ」という声が返ってきた。眼鏡をかけた若い男がタイプライター用の机に向かい、ディクタフォン（速記用の口述録音機）のイヤホンを耳にかけ、凄まじい勢いでタイプを打っていた。

「いいえ。デ・シルヴァ氏はおりません。一週間に二度ほど、顔を出すだけなんです」その事務員は答えた。「お名前をいただけますか?」

「いいえ、大した用ではありませんから」リーダーはひっそりと外に出て、後ろ手にドアを閉めた。

ブレイチャー・アンド・ブレイチャーへの訪問では、もう少しツキがあったようだ。ジョゼフ・ブレイチャーが在席していた。血色のいい長身の紳士で、ボタンホールに大きなバラの花をさしている。ブレイチャー・アンド・ブレイチャー社は明らかに景気が良さそうだった。事務所内では半ダースほどの職員が働いており、大きな対面共用机が置かれたブレイチャー氏の執務室は、質素な快適さを旨とする書斎の典型といった感じだ。

「どうぞ、お座りください、リーダーさん」名刺にちらりと目を向けながら、弁護士は言った。

ほんの数語で用向きを伝えたリーダー氏に、ブレイチャー氏は微笑みかけた。

「今日、いらっしゃったのはラッキーでした」弁護士は話し始めた。「明日だったら、何の情報もお伝えできなかったでしょうから。実は、デ・シルヴァ氏には別の弁護士を見つけていただくよう、お願いしなければならなくなったんです。いえいえ、何か問題が起こったわけではありませんよ。ただ、あの会社は常に、自分たちのお客について、こちらに問い合わせてくるものですから、わたしたちはまるで、彼らのお客の保証人のような立場になってきてしまったんです。もちろんそれは、極めて望ましくない状況です」

「こちらにアドバイスを求めて手紙を寄こした人たちの記録は残っていますか?」

ブレイチャー氏は首を振った。

「おかしな話なのですが、ないんですよ。それが、あの顧客から手を引こうと決めた理由の一つでもあるんです。三週間前、問い合わせに対する返信書類のコピーを綴っておいた手紙綴じが、どういうわけかなくなってしまったんです。夜間、我々はそれを金庫にしまっておきます。それが、ある朝、鍵が壊された形跡はないのに、消えてしまっていたんです。まったくもって、不可思議な出来事でした。ひどく心配になった弟とわたしは、その会社に顧客のリストを渡してくれるよう頼みました。しかし、彼らがその依頼に応えることはありませんでした」

リーダー氏は、名案を求めるかのように天井を見つめた。

「ジョン・バストンというのは、どういう方なんですか？」その問いに、弁護士は笑い声を上げた。

「それについても不案内ですねえ。確か、羽振りのいい金融業者のはずですよ。まあ、わたしの知る限りでは、一年のうち三カ月くらいしか、あの事務所にはいないようです。実際に会ったこともありませんし」

リーダー氏は締まりのない手を差し出し、ポルトガル・ストリートを引き返した。頭を垂れ、後ろに回した手で雨傘を引きずって歩く。その姿は、どこか人の笑いを誘う、尾っぽのある奇妙な動物のように見えた。

その日の夕方、彼はまたマーガレットを待っていたが、彼女は姿を見せなかった。例の待ち合わせ場所で五時半まで粘っても現れない。マーガレットでも、ときには残業もあるので、さほど珍しいことではない。それで彼は、特に心配もせずに家に帰った。質素な夕食を終え、相手の住む下宿屋まで行ってみる。しかし、そこの女主人の話によると、彼女は帰宅していなかった。リーダー氏は自分の書斎に戻り、まずはマーガレットの勤め先へ電話をかけた。それから、彼女の雇い主の自宅へ。

「ベルマンさんなら四時半に帰りましたよ」返ってきたのは、驚くべきニュースだった。「どこからか電話があって、早めに帰宅してもいいかと訊いてきたんです」

「何とまあ！」リーダー氏は呆けたような顔で答えた。

その夜、彼がベッドに入ることはなかった。代わりに、ロンドン警視庁の小部屋に籠《こも》り、様々な部署から集めた簡潔な報告書に目を通して過ごした。夜明けが近づくとともに、マーガレット・ベルマンの名が、奇妙な具合に姿を消した人々のリストに加えられる可能性が、どんどん色濃くなっていった。

大きなウィンザーチェア（十八世紀以降、英米で広く使われている木製の椅子）で仮眠を取る。午前八時、いったん自宅に戻ったリーダー氏は、髭を剃って風呂に入った。出勤してきた公訴局長官が、廊下で自分の到着を待つリーダー氏の姿を認める。しかしそれは、まったく別人のような姿だった。その様変わりは、睡眠不足のせいばかりではない。リーダー氏の声はいつもより険しく、普段漂わせている申し訳なさそうな雰囲気も、そのときはすっかり消え失せていた。

最小限の言葉で、リーダー氏はマーガレット・ベルマンの失踪について説明した。

「デ・シルヴァが関与していると思っているのかい？」長官は尋ねた。

「はい、そのように思います」リーダー氏はひっそりと答え、先を続けた。「希望が一点だけあります。非常に心もとない希望ですが――ええ、本当にかすかな希望です！」

その希望がどこに存在するのか、彼は長官に告げなかった。代わりに、メキシカン・シンジケートの事務所へと足を運んだ。

デ・シルヴァ氏は不在だった。そこにいたら、かえってひどく驚いたことだろう。廊下を横切り、弁護士に会いに行く。今回は、アーネスト・ブレイチャー氏が兄と一緒に事務所にいた。

リーダー氏が的確なことを言うときは、本当に的を射た言い方をする。

「デ・シルヴァが顔を出したらすぐに逮捕できるよう、ポルトガル・ストリートに警官を配置しています。彼の弁護士であるあなたたちも、知っておいたほうがいいだろうと思いまして」

「しかし、いったいどういうわけで――？」驚いたような口調でブレイチャー氏が言いかけた。

「どういった罪状を突きつければいいのかは、まだわかりません。ただ、非常に重い罪であることは確かです」リーダー氏は答えた。「今のところ、わたしもまだ、警察に疑惑の根拠を話してはいないんです。しかし、彼がうまく逃げ切るためには、かなりちゃんとした言い訳が必要です。身の潔白を証明する、しっかりとした証拠も作り出さなければならないでしょう」

「まったくわけがわかりませんな」弁護士は当惑顔だ。「彼がいったい何をしたと言うんです？　会社が偽物だとでも言うんですか？」

「詐欺行為以上についてはわかりません」リーダー氏はそっけなく答えた。「明日、彼の書類や部屋を調査するのに必要な許可を手に入れます。それに、ジョン・バストン氏のところの書類についても。あの部屋で、非常に興味深いものが見つかるんじゃないかという気がするんですよ」

それは、その夜、リーダー氏がロンドン警視庁から帰ろうとしていた午後八時のことだった。いつもの角を曲がろうとすると、ウェストミンスター・ブリッジから本庁に向かって走って来る車がある。誰かが窓から身を乗り出し、彼に合図を送っていた。車はUターンをした。ツーシーターのクーペで、運転をしていたのはジョゼフ・ブレイチャー氏だった。

「デ・シルヴァを見つけたんです」舗道の縁石に車を寄せ、飛び出してきた弁護士は息も切れ切れに言った。

ひどく動揺しているようで、顔色も真っ青だ。相手の歯ががちがちと鳴っているのが、リーダー氏にも聞こえるほどだった。

「まずいことが起こって――それも、かなりまずいことが」弁護士は続けた。「弟が、相手から事実を訊き出そうとしていたのですが――まったく！　もし、やつが本当にこんなことをしていたのなら、わたしは決して自分を許せません」

「彼はどこにいるんです？」

「夕食の直前に、ダリッチ（ロンドン中部、サザックの住宅地域）にあるわたしたちの家にやって来ました。弟もわたしも独身で、二人でそこに住んでいるんです。以前は、やつもそこに夕食を取りに来たことがあります。弟が問いただすと、信じられないような答えが返ってきました。あの男は頭がどうかしているんですよ」

「彼はどんなことを言ったんです？」

「わたしからは言えません。あなたが来てくれるまで、アーネストが彼を引き止めています」

リーダー氏は車に乗り込んだ。数分もしないうちに、彼らはカンバーウェルに向かってウェストミンスター・ブリッジを飛ぶように渡っていた。ジョージアン様式の古めかしい建物であるレーンハウスは、袋小路になっているひなびた道路の突き当たりに建っていた。私道を進み、ポーチの前で車が止まるまでに、その建物が非常に広い敷地の中に建っているのがわかった。ブレイチャーが車を降り、屋敷のドアをあける。リーダー氏は、心地よく整えられたホールに足を踏み入れた。ドアの一つがあいている。

「リーダーさんですか?」アーネスト・ブレイチャーの声だと認識したリーダーは、その部屋へと入って行った。

若いほうのブレイチャー氏が、火の気のない暖炉を背に立っていた。室内にはほかに誰もいない。

「デ・シルヴァは横になるために上階《うえ》に上がっています」弁護士は説明した。「恐ろしいビジネスですよ、リーダーさん」

握手を求めてきた相手に向かって、リーダーは部屋を横切り始めた。暖炉前に敷かれた四角いペルシア絨毯《じゅうたん》に足を載せた途端、彼は危険を察知した。咄嗟《とっさ》に飛び退こうとしたが、すでに身体のバランスは崩れていた。敷物で隠されていた穴に我が身が落ちて行くのがわかる。反射的に手を伸ばし、落とし穴の縁に手をかけたが、近づいて来た弁護士が脚を上げ、必死にしがみついている彼の指を踏みつけた。手を放したリーダーは、穴の底へと落ちて行った。

落下の衝撃で息が詰まる。少しのあいだ、彼は地下室の床の上で、半ば寝そべり、半ば蹲《うずくま》るようにして倒れていた。見上げてみると、弁護士の兄のほうが下を覗き込んでいた。四角い開口部が徐々に小さくなっていく。普段は、スライディング・パネルで蓋がされているのだろう。

「お前の始末はまたあとでだ、リーダー」ジョゼフ・ブレイチャーがにんまりとしながら声をかけた。「ここには、ずいぶんたくさん賢い人間たちを入れてきたんだが――」

地下室の中でピシッという音が響いた。銃弾が弁護士の頬を焼き、ガラスのシャンデリアを粉々に打ち砕いた。男が悲鳴とともに退く。穴はすぐに塞がれ、リーダーは煉瓦で覆われた狭い地下室に一人取り残された。しかし、完全に一人というわけではなかった。手には自動小銃が握られている。このように危機的な状況では、それは非常に心強い仲間だと言うことができる。

ポケットから平たい懐中電灯を取り出してスイッチを入れ、自分の独房を隈なく調べる。壁も床も湿っている。それが、最初に気づいたことだった。部屋の一角には、堅く閉ざされた鋼鉄製のドアに続く、短い煉瓦の階段。そして――。

「リーダーさん」

くるりと向きを変え、声の主のほうに光を当てる。マーガレット・ベルマンだった。彼女はちょうど、眠っていた麻袋の山から身を起こしたところだった。

「こんなひどいトラブルに巻き込んでしまって、本当にごめんなさい」彼女はそう声をかけてきたが、リーダー氏のほうは、相手の冷静さに驚くばかりだ。

「どのくらいあいだ、ここにいるんです？」

「昨日の夜からですわ」マーガレットは答えた。「ブレイチャーさんが会いたいと電話を寄こしてきて、彼の車に乗り込んだんです。最初は別の部屋に閉じ込められていたんですけど、一時間前にここに移されました」

「その別の部屋というのは、どこにあるんですか？」

マーガレットは鋼鉄製のドアを指差した。自分が捕らわれた状況について彼女はそれ以上説明しなかったし、自分たちの不運を語り合っているときでもなかった。リーダーは階段を上り、ドアがあくかどうか試してみた。わかったのは、そのドアが反対側から施錠されていることと、地下室に向かっての内開きのドアであることだった。鍵穴は見当たらない。そのドアはどこに繋がっているのかと尋ねると、マーガレットは地下のキッチンと石炭室だと答えた。彼女は、逃げ出せるのではないかと期待していた。なぜなら、捕らわれている『小部屋』でのささやかな自由と自分のあいだに立ちはだかっているのは、閂《かんぬき》がかかった窓だけだったのだから。

「でも、窓ガラスがとても厚くて」彼女は言った。「それに、閂に対しては、もちろん、何もできませんでしたし」

リーダーは再び地下室の中を詳細に調べ、懐中電灯の光を天井に向けた。部屋の幅いっぱいに渡された梁《はり》に縛りつけられた滑車以外、何もない。

「連中はいったい何をするつもりなんだ?」考え込みながらリーダーは呟いた。あたかもその問いを敵が聞きつけたかのように、そして、自分たちの計画についてリーダーには露ほどの疑問も持たせないと腹を決めたかのように、ごぼごぼという水音が聞こえてきた。水はすぐに、彼の足首の高さまで上《のぼ》ってきた。

水音が聞こえてくる方向にライトを向ける。壁に三つ、円形の穴があり、そのそれぞれから、凄まじい勢いで水が噴き出していた。

「どういうことなの?」マーガレットが脅えたように尋ねた。

「階段の上に上がって、じっとしていてください」有無を言わせぬ口調で命じ、自分は、水を止めることができるかどうかを調べ始める。しかし、ひと目で無理だということがわかった。今や、失踪の謎は、少しも謎ではなくなっていた。

水は、膝から腿《もも》へと、驚くほどの早さで高さを増してきた。リーダー氏もマーガレットと一緒に階段の上へと避難した。

考えられる逃げ道はなかった。たぶん、天井を横切る梁や滑車に手をかけられるほどの高さまでは、水は上がって来ないだろう。そのぞっとするような思惑は容易に想像できた。死体は何らかの方法で、この遺体安置所から運び出される。彼のようにいかに水泳が達者な者でも、これから先、何時間も、水に浮いていることは不可能だった。

リーダー氏はコートとベストを脱ぎ、襟元のボタンを外した。

「あなたもスカートを脱いだほうがいいですよ」感情を交えぬ声でそう言う。「泳げますか？」

「ええ」マーガレットは低い声で答えた。

しかし、彼は、心に抱いていた真の質問を発したわけではなかった――『何時間なら、泳ぎ続けられますか？』と。

長い沈黙が続いた。水はひたひたと這い上がってくる。やがて――。

「怖いですか？」リーダー氏は尋ね、マーガレットの手を握った。

「いいえ。怖くなんかありませんわ」彼女はそう答えた。「あなたが一緒にいてくれて本当に良かった――でも、あの人たちは、どうしてこんなことをするのかしら？」

リーダー氏は答えなかった。代わりに、相手の柔らかい手を口元に運び、キスをした。

水は今や、階段の最上段に達していた。リーダーは鉄のドアに背中を押しつけ、待っていた。そしてやっと、鉄の板の向こうで、何かがドアに触れる気配を感じた。閂を引き戻したような、かすかな軋み。彼は、マーガレットを静かに押しのけ、掌をドアに当てた。間違いない。誰かがドアの向こう側で手探りをしている。階段を一段下りる。すぐに、ドアが手前に押し出されてきた。闇を裂く一条の光。リーダー氏はドアを引きあけると、さっと身を滑り込ませた。

「手を上げろ！」

それが誰であれ、ドア向こうにいた人物は持っていたランプを取り落とした。リーダー氏が自分の電灯を相手に向け、今度は自分がライトを落としそうになる。

マイルズがドア口にいたからだ。ダートムーアから細菌つきの手紙を運んで来た前科者だ！

「わかったよ、旦那、危機一髪だ」男は唸った。

その瞬間、探偵の頭の中で、すべての説明がついた。すぐに若い娘の手をつかみ、狭いドア口を通させる。そこからは今や、水が留《とど》めなく流れ込んでいた。

「どこから入って来たんだ、マイルズ？」リーダーは居丈高に尋ねた。

「窓からですよ」

「どの窓だ――早く教えろ！」

泥棒は、娘が恋焦がれるような目で見ていたはずの窓へとリーダーを導いた。閂は抜かれ、窓枠自体は錆ついたヒンジから取り外されている。数分もしないうちに、三人は芝生の上に佇んでいた。頭上では、星が瞬《またた》いている。

「マイルズ」リーダー氏の声は震えていた。「きみは、この屋敷に『押し入る』ためにやって来たのかね？」

「そのとおりだよ」マイルズは呻いた。「でも、危機一髪だと言っただろう？　あんたに迷惑はかからないよ」

「逃げろ！」リーダー氏は怒鳴りつけた。「さっさと逃げるんだ！　さあ、お嬢さん、わたしたちは少し散歩でもしましょう」

数秒後、シャツにズボンだけという中年男と、はしたなくもシルクのペチコートを露わにしたレディの出現に、パトロール中の警官は、口もきけなくなるほど仰天した。

「メキシコの会社はそもそも、ブレイチャー&ブレイチャーだったのですよ」リーダーは長官に説明した。「ジョン・バストンなる人物は存在していません。その男の部屋は、ブレイチャー兄弟が自分たちの事務所ともう一つの会社を行き来するための出入り口だったんです。メキシカン・シンジケートのオフィスにいた事務員は、もちろん目くらましです。その男をひと目見た瞬間にわかりましたよ。ロンドンのシティでは、目くらましのタイピストなら、いくらでも雇われていますからね。デ・シルヴォとブレイチャー兄弟が同一の存在であることを秘密にするためには、偽《にせ》の職員がどうしても必要だったんです。

ブレイチャー&ブレイチャーの業績はここ何年も低迷していました。客の金をくすねてきたことも、いずれ明るみに出るかもしれない。それで、あの兄弟は、こんな計略を思いついたんです。莫大な配当金を約束して、彼らの偽企業のために金を出すよう愚かな投資家たちを説得するなどという。被害者たちは、十分な調査の上で選ばれた人々でした。こうした不運な人々に親密な友人がいないことを――この悪巧みの首謀者である――ジョゼフが、徹底的に調べ上げていたのです。申し込みに対して彼らが少しでも疑いを持てば、ブレイチャー兄弟が投資に反対する手紙を書いたのでしょう。賢明な投資者なら、メキシカン・シンジケートが提示する方法よりもっと安全な、別の投資先を探すべきだとか何とか言って。

一、二年、配当を受けると、哀れな投資者たちはダリッチの屋敷に誘い込まれ、そこで巧妙な方法で殺害されます。彼らの地所の中に、非公式な墓地が見つかりますよ。わたしが調べた限りでは、彼らはこの方法で、過去二年間に十二万ポンド以上の金を盗み取っています」

「信じられない話だね」長官が口を挟んだ。「本当に！」

リーダー氏は肩をすくめた。

「バルクとヘアーの殺人事件（ウィリアム・バルク。十九世紀のアイルランド出身の猟奇殺人者。共犯者のウィリアム・ヘアーとともに、解剖学校に解剖用の死体を売るため、通行人を自宅に連れ込み十五人を殺害する）以上に、信じられない事件など存在するのでしょうか？　もっとも、社会のどの階層にも、歴史上のどの年代にも、バルクやヘアーのような人間は存在するものですが」

「連中はどうして、ベルマン嬢をすぐに殺害しなかったのかな？」

リーダー氏は咳払いをした。

「彼らは、一度に片づけたかったのですよ。だから、わたしを手中に収めるまでは彼女を殺さなかった。たぶん――」彼は、再び咳をした。「わたしがあの若いお嬢さんに、特別な関心を持っていると思っていたのではないでしょうか」

「で、実際のところは、そうなのかい？」公訴局長官は尋ねた。

リーダー氏は答えなかった。

訳者あとがき

本書は、一九二五年に発表された『The Mind of Mr. J. G. Reeder』の全訳です。

作者は多作で名高いエドガー・ウォーレス。一九〇五年に長編『正義の四人』でデビューして以来、約百五十冊の著作のほか、数多くの短編、戯曲などを残しています。邦訳作品は多くないようですが、『キングコング』の原作者と言えば、日本でも懐かしくお思いになる方もいらっしゃるかもしれません。シリーズものとしても、前述の正義の四人、T・B・スミス、エルク警部、コミッショナー・サンダース、ほかにも多々あり賑やかです。論創社さんからは、女賊フォー・スクエア・ジェーン・シリーズから『淑女怪盗ジェーンの冒険――アルセーヌ・ルパンの後継者たち』が出版されていますね（シリーズものではないですが、やはり論創社さんから『真紅の輪』も紹介されています）。

本書『J・G・リーダー氏の心』も、リーダー氏を主人公としたシリーズ作品の中の一作です。本書のほかに、長編二編 *Room13*（１９２４）、*Terror Keep*（27）、短編集が二冊 *Red Aces*（29）、*The Guv'nor and Other Short Stories*（32）発表されています。

自分の中に〝犯罪者の心、悪の心〟があるために、犯人の考えがわかり、犯罪を解決できるのだと信じている探偵の物語。通貨偽造犯罪が専門でしたが、本書では、国家のお役所である公訴局長官事務所に招かれ、より一般的な犯罪に向き合うことになったリーダー氏が描かれています。上司の評価によると、「非常に優秀な男ではあるのだがねえ……」となる人物ですが、読者の皆様の印象はいかがでしたでしょうか？

一編の中にいくつもの要素が織り込まれ、登場人物についても細やかに描写されているため、第一話、第二話と読み進めていくうちに、この様々なモチーフのうちのどれが、今回の物語の本筋に繋がっていくのだろうか？　と考える楽しみが持てる作品集だと思います（作者にそういう意図があったと言うよりは、様々な装飾で物語を膨らませていくことを作者自身が純粋に楽しんでいるような雰囲気が伝わってきます）。しかし、本作品の魅力は何と言っても、主人公リーダー氏のキャラクターにあるのではないでしょうか。

五十二歳、独身。時代がかった、やぼったい服装。実用的とは言えない鼻眼鏡とトレードマークの雨傘。第一話では、おずおず、おどおどとした、いかにも腰の低い臆病な紳士という印象を与えます。こんな気弱そうな探偵が、どれほどの能力を隠し持っていると言うのでしょう？　それが、第二話、第三話と進んでいくうちに、リーダー氏の意外な素顔が現れてきます。自分で銃を撃っておいて、「あら、まあ!」とすっとぼけて見せたかと思うと、立ち去る相手の足元に二階から花瓶を投げつけて無言の脅しを加える（「大丈夫ですか?」と、彼としてはたぶん心からなのでしょうが、労《いた》わりの言葉は忘れない）。相手の懐から物をかすめ取る技術はプロ級以上。ウサギのような印象を与えておいて、報復に出るときには冷血無情。緻密な計算で相手を陥《おとしい》れ、再起不能なまでに叩き潰します。そして、たとえ相手が上司であろうと、答えたくない質問には返事をしない（まあ、すてき！）。訳者としては、物語のテンポの良さにも増して、リーダー氏の魅力にどんどん引き込まれてしまった次第です。

その偏屈さのせいか、女性受けが悪く、縁もなかったリーダー氏ですが、第四話になってマーガレット・ベルマンなる女性が登場します。この女性、リーダー氏とは親子ほども年齢の違う娘ですが、以後、第八話までちょくちょくと顔を出すようになります。あらあら、もしかして恋の予感？　と、訳者はまた違う意味でわくわく。このマーガレット嬢のキャラクターもまた、面白いですね。世間知らずなのか、鷹揚なのか、鈍感なのか。通常なら青くなって当然の場面でも、状況を面白がっているような、まったく理解していないような。拉致され、地下室に閉じ込められているというのに、そこで居眠りができるほどの神経の持ち主なのですから。絶体絶命の大ピンチ。リーダー氏は娘の手を取り、その指先に口づけを……。まさかのロマンス小説ばりの展開に、「頑張れ、じいさん！」と、訳者は心の中で叫びながら、パソコンのキーを打つ手にも自然と力が入ったのでした。

様々な趣向が凝らされ、軽快なユーモアに彩られた八編の物語ですが、読者の皆さんにもお楽しみいただけたら幸いです。長編作品の中でのリーダー氏は、どんな顔を見せているのでしょうか？　個人的にはまた、この風変わりな老（？）紳士に会ってみたい気がします。

マインドリーダー探偵の冒険

飯城勇三（エラリー・クイーン研究家）

――一方、イギリスでは、一九二五年にエドガー・ウォーレスの探偵の中で最も敏腕な人物が、申し訳なさそうに語り始めていた。「おかしなこじつけではあるのですが――犯罪者の心を持っているというわけです」と。J・G・リーダー氏は内気でどこかもの悲しげな男で、丁寧で礼儀正しい口調で話し、時代遅れの頬髭を生やし、アスコット・タイを身につけ、持ち主にぴったりの地味でありふれた雨傘――ブラウン神父の象徴でもある――を持ち歩いている。そのリーダー氏がさりげなく相手を動かすほどの洞察力を披露するのは、エドガー・ウォーレスの『J・G・リーダー氏の心』（No.72）である。

――エラリー・クイーン『クイーンの定員』より

エドガー・ウォーレスのシリーズ・キャラクターの中で、最も評価が高いリーダー氏が活躍する第一短篇集『J・G・リーダー氏の心』（一九二五）。本書はその本邦初訳となる。おそらく、かなりのミステリ・ファンでも最初の二作しか読んでいないと思われるので、待望の翻訳と言えるだろう。

また、ウォーレスの作品集の中で、最も評価が高い本作は、エラリー・クイーンが選んだ短篇集の路標的名作リスト〈クイーンの定員〉のNo.72にも挙げられている。従って、解説に私の名を見つけた読者は、こちらとからめた文を期待していると思う。だが、まずは、作者の魅力について語らせてほしい。というのも、最近の〈論創海外ミステリ〉の邦訳のおかげで、この作者に対する私の評価がかなりあがったからである。ウォーレスは、決して過去の作家ではない。一世紀後の現在でも通用する魅力を持っているのだ。

エドガー・ウォーレス――その魅力

私がウォーレスを見直したきっかけは、本叢書で昨年出た『真紅の輪』（一九二二）だった。この作はサスペンスものに分類する人が多いだろうし、以前ならば、それで不満はなかっただろう。しかし、現在では、これは本格ミステリと見なしてもかまわないのだ。

この作のミステリとしてのポイントは、〝構図の逆転〟にある。言い換えると、読者が読みながら受け入れていく人物や人物関係や事件などが、解決篇でひっくり返る面白さを狙った作風なのだ。読者は、「犯行時に現場にいたので怪しまれる人物」や「事件の捜査に必死になる探偵役」に関する解決篇での反転に驚くに違いない。中でも、パー警部の〝母さん〟に関するどんでん返しは、歌野晶午の有名作の〝おばあちゃん〟の先駆だと言っても過言ではないだろう（過言かな？）。

例えば、以下の文章を見て欲しい。

タリア・ドラモンドの逃亡は、パーが考える以上に深刻な事態だ。さっきのパーはなんだ！　デリック・イェールの頭を恐ろしい考えがよぎった。ジョン・パーか！　あの無反応な、一見間抜けそうな男が――いや、あり得ない！　彼は首を振ったものの、必死に頭の中でパーが見つけだした断片を一つひとつつなぎ合わせてみた。（『真紅の輪』第四一章）

解決篇を読み終えた読者は、あらためてこの文章を熟読してほしい。そうすれば、作者の巧妙な叙述に舌を巻くはずである。

しかし、それよりも感心したのが、この作における犯人側と探偵側の駆け引きの面白さだった。初読時は犯人側も探偵側も隠し事をしているのでわかりにくかったのだが、真相を頭に入れて再読すると、双方の言葉や行動の背後で行われていた頭脳戦がよくわかり、感心してしまったのだ。この面白さもまた、現在でも通用するものだと言えるだろう。

そして、この〝2チームによる頭脳戦〟という設定は、現在、さまざまなジャンルで流行している。漫画、小説、映像、ゲーム、等々。例えば、この作風の先駆けにして代表作と言われる漫画『DEATH NOTE』（大場つぐみ／小畑健）における探偵と犯人の立ち位置は、『真紅の輪』とよく似ているではないか。

前置きが長くなったが、本書『J・G・リーダー氏の心』には、こういった〝現在でも通用するウォーレスの魅力〟が――すなわち、「事件の構図のひねり」と、「探偵と犯罪者の駆け引き」が――盛り込まれているのだ。しかも、それだけにとどまらない。J・G・リーダー氏という探偵役は、ウォーレスの他の探偵役とも、ミステリに登場する他の探偵役とも異なる、ユニークな魅力の持ち主なのだ。

J・G・リーダー氏――その魅力

J・G・リーダー氏のユニークな魅力、それは、本人の言葉を借りるならば、「犯罪者の心を持っている」点にある。――と書くと、ミステリ・ファンなら「ブラウン神父の二番煎じじゃないか」と批判するかもしれない。というのも、ブラウン神父シリーズの第四短篇集『ブラウン神父の秘密』に収録された「ブラウン神父の秘密」というエピソードの中で、ブラウン神父が自身の推理法について、同じことを言っているからである。

だが、実際はその逆である。『ブラウン神父の秘密』が刊行されたのは一九二七年、つまり本書より後なのだ。しかも、読んだ人ならわかると思うが、「ブラウン神父の秘密」というエピソードは、この短篇集をまとめる際に書き下ろされたものだと考えて間違いない。

一方、リーダー氏の方は、第一短篇集（本書）の第一話で語り、後続の短篇でも語り、プロットとも連携している。いわばリーダー氏は、最初から「犯罪者の心を持つ探偵」として創造されたシリーズ探偵というわけである。もちろん、クイーンも指摘している外面的な類似に関しては、ブラウン神父の方が先行しているのだが。

では、この設定がどうプロットと連携しているかというと、リーダー氏は、犯人の思考をトレースして事件を解決に導くのだ。具体例は後述するが、『J・G・リーダー氏の心《マインド》』は、〈読心術《マインドリーダー》〉探偵ものなのである。

リーダー氏の名探偵としてのユニークさは、それだけではない。彼は、犯罪者の思考をトレースするだけではなく、思考を操って事件を解決に導くのだ。すなわち、〈操心術《マインドコントロール》〉探偵。こちらの具体例も後述するが、ここで、余談を少々。

ウォーレスの生み出したもう一人の名探偵にO・レイター警部がいる。彼の活躍する短篇は、一九二七〜二八年に雑誌に連載され、『THE ORATOR』(一九二八)として単行本化。そして、この中の一篇では、警部と怪盗の駆け引きが描かれ、最後には警部が怪盗の思考を操って自滅させているのだ。しかも、作者がこの短篇につけた題名は、"The Mind-Readers"。つまり、ウォーレスの言う〈マインドリーダー〉には、思考の操りまで含まれているわけである。なお、この作は創元推理文庫のアンソロジー『探偵小説の世紀(上)』に「読心術合戦」として訳されているので、本書と読み比べてみるのも一興だろう。

余談をもう一つ。「思考を操る」というのは、エラリー・クイーンがお気に入りのアイデアでもある(こちらは「犯罪者が探偵の思考を操る」場合が多い)。私は、クイーンが本書を〈クイーンの定員〉に選んだのは、これが大きな理由ではないかと考えている。冒頭の〈定員〉からの拙訳が、「リーダー氏がさりげなく相手を動かすほどの洞察力を披露する」となっているのは、この考えに沿って訳したからである。原文は、「Mr.Reeder displays his acumen with quiet persuasion」なので、〈定員〉の既訳(光文社「EQ」誌一九八一年九月号の名和立行訳)のように、「リーダー氏が静かな信念に満ちた洞察力を披露する」と解釈するのが普通だとは思うのだが……。

それはともかく、「犯罪者の心を持つ探偵」J・G・リーダー氏は、それを用いて、犯罪者の思考をトレースしたり、犯罪者の思考を操ったりしているわけである。まさに、ユニークな名探偵と言えるだろう。

Ｊ・Ｇ・リーダー氏シリーズ――その魅力

本書の魅力はまだある。それは、〈探偵ヒーローもの〉としての魅力に他ならない。シャーロック・ホームズやそのライヴァルたちの冒険譚には、謎解きのない探偵の活躍を描いたり、探偵の恋愛を描いたり、探偵の過去を描いたり、といったエピソードがあるが、当時の読者は文句を言わなかったらしい。これは、読者が〈ヒーローもの〉として楽しんでいるからなのだ。だから、探偵の過去や恋愛には興味があるし、推理以外の活躍でもかまわないわけである。

そして、Ｊ・Ｇ・リーダー氏ものもまた、「The Grand Magazine」というミステリ専門ではない大衆誌に、ミステリ・ファンとは限らない一般読者に向けて、一九二四年から二五年にかけて毎月連載された、〈探偵ヒーローもの〉なのだ。

ではまず、Ｊ・Ｇ・リーダー氏シリーズの作品を挙げてみよう。

① Room 13（一九二四／長篇）
② The Mind of Mr. J.G. Reeder（一九二五／短篇集）本書
③ Terror Keep（一九二七／長篇）
④ Red Aces（一九二九／中篇集）
⑤ The Guv'nor and Other Short Stories（一九三二／中篇集）

①はシリーズの第一作目だが、偽造紙幣の事件（本書で言及される「イングランド銀行の事件」のことだと思われる）を追う主人公は別にいて、リーダー氏は彼をサポートする役どころ。「私は犯罪者の心を持っている」というセリフもないし、傘は持っているが仕込み傘ではない（と思う）。しかも――ウォーレスの作中人物の例に漏れず――ラストで身元の一部を隠していたことが判明するのだが、この部分は、本書と矛盾している。どうやら、シリーズの第一作というよりは、単発作品の脇役を気に入った作者が、独立させ、新たな設定を与えて主人公に据えた、と考えた方が正しいようだ。ただし、この作品にはリーダー氏が自分のことを「a very indifferent seeker of information」と評するセリフがあり、こちらの設定は引き継がれている。

また、リーダー氏のシリーズはイギリスでは人気があるらしく、一九六九年と一九七一年にテレビドラマ化されている。第一シーズン八作の原作はすべて、本書の収録作である。

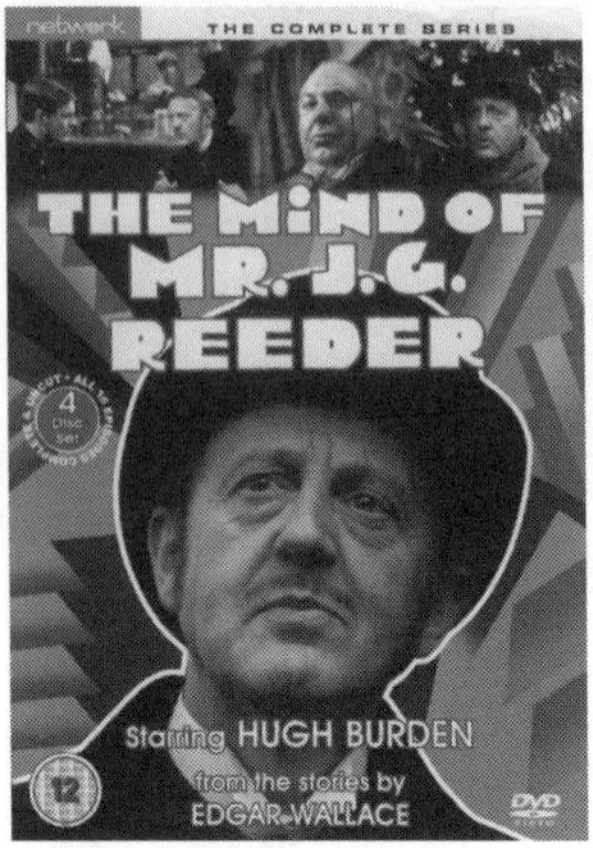

ヒュー・バーデン演じるリーダー氏は、鼻眼鏡ではなく普通の眼鏡をかけている以外は、原作に沿ったイメージ。頰髭も、傘も、申し訳なさそうな態度も、原作通りである。

各ストーリーも原作に忠実。ただし、短めの短篇を一時間ものに仕立てるためか、リーダー氏の上司や家政婦や秘書の出番が大幅に増え、彼らとの楽しい掛け合いが追加されている。もっとも、リーダー氏と秘書の楽しい掛け合いは「究極のメロドラマ」にも出てくるし、家政婦とのやりとりも「投資家たち」に出てくるので、原作を無視しているわけではない。

また、各話の脚色もなかなか巧みである。ストーリーはほぼ原作通りで、台詞も原作とほとんど同じものが多い。リーダー氏の決め台詞などは、原作そのままである。英語が苦手な人でも、本書を片手に観れば、内容は理解できるはずである。ただし、ＤＶＤがリージョン２なのが、悩ましいところではあるが。

『Ｊ・Ｇ・リーダー氏の心』――その魅力

エドガー・ウォーレスの長篇の代表作と見なされているのは、『真紅の輪』以外にも数作あるが、短篇集の代表作として挙げられるのは、『Ｊ・Ｇ・リーダー氏の心』しかない。

例えば、ジュリアン・シモンズの『ブラッディ・マーダー』（宇野利泰訳／新潮社）を見てみよう。この中では、「彼の描いた探偵のうち、もっともリアリティに富むのは、薄ぼんやりのオールドミスを連想させるＪ・Ｇ・リーダー氏であろう。事実、ミスター・リーダーを主役にした『Ｊ・Ｇ・リーダー氏の心』（略）は、犯罪小説の分野で最良の短篇集と呼んで差し支えあるまい」と評されている。ただし、「犯罪小説の分野で最良の短篇集」というのは翻訳のミスで、正しくは「犯罪小説の分野における彼（ウォーレス）の最良の短篇集」ではあるが……。それでも、シモンズが、本作をウォーレスのベスト短篇集だと見なしていることは間違いないだろう。

これが掛け値なしの本音であることは、別の本からも証明できる。本作が一九八三年にJ.M.Dent & Sons Ltd 社の〈CLASSIC THRILLERS〉シリーズの一作としてリプリントされた際、シモンズは、何と九ページにも及ぶ力のこもった序文を寄せているのだ。では、その中から、興味深い箇所を拙訳で紹介しよう。

ウォーレスの作中人物たちの多くが属するグループの中で、リーダー氏は最も傑出した存在になっている。このグループに属するのは、どう見ても人畜無害だったり、どこから見ても間抜けだったりしたのに、最後に見かけとは全く異なることが判明する人々である。彼らは、無実の傍観者や、少々愚かな聖職者や、あるいは高潔な判事に見えるにもかかわらず、最後には、犯罪者や殺人者やギャングの黒幕であることが判明するのだ。そして、探偵たちでさえも、仮面をつけている。その能力を隠し、酔っ払いか、さもなくば――リーダーの場合のように――公訴局長官のオフィスに呼ばれてぼんやりとしている時代おくれの人物に見えるのだ。（略）彼はつま先の四角い靴を履き、てっぺんが平らな高々とした山高帽をかぶり、既製品のクラバット・タイを身につけ、古風な黒い雨傘を持ち歩いている。

しかしながら、こういったもろもろは、他人を欺くためのものなのだ。リーダー氏は偽造紙幣に関しては、世界で最も卓越した専門家で（ウォーレスは十代初めの頃、ある男に大量のフロリン金貨を交換するように頼まれたことがある。このとき、どこか怪しいと疑った彼は、その一枚を警官に渡して、こう尋ねたのだ。「お願いがあるんだけど、お巡りさん。この金貨は、偽物なのかな？」）、黒い雨傘には鋼鉄の刃が仕込まれている。彼はまた、作品を重ねていくと、ウォーレスの他の本に出てくる犯罪の首謀者と、さほどかけ離れていないようにも見えてくる。リーダーはしばしば、自分は犯罪者の心を持っていると繰り返すのだ。（略）彼は、解雇されたお抱え運転手が匿名の手紙を書いたことや、その運転手の住所を知ることができる。あるいは、これまで一度もイギリスを訪れたことがないカナダの悪党を見分けることができるし、彼の一味全員も見分けることができる。悪徳刑事がその巨額の収入を貯め込んでいる銀行も知ることができるし、その口座の名義が妻の旧姓であることも知ることができる。もっとも、こういったことをあなたが信じることができないとしても、リーダー氏の魅力を味わうことができるはずである。

『J・G・リーダー氏の心』収録作――その魅力

最後は、本書収録の八作について語らせてもらおう。

［注意！］真相等に触れているので、本編を先に読んでほしい。


〈詩的な警官〉

巻頭を飾るにふさわしい傑作。前述した〝事件の構図の反転〟の鮮やかさは、本書で一番だろう。何せ、被害者が犯人に反転してしまうのだから。しかも、犯人も予期せぬその反転は、警官の詩心によるものであり、さらにその原因は、犯人が娘に「警官に愛想良くするように」と指示をしたためという皮肉なもの。そして、リーダー氏は、枯れたバラや被害者の手の傷や蹄鉄や摘まれた花――一本だけシオンが混じっている――といった手がかりを用いて、事件の構図を反転させるのだ。

一方、リーダー氏の〈読心術《マインドリーダー》〉も冴え渡り、些細な点から、マグダや警官の隠された内面を読み取っている。特に、マグダが巡査について、「女々しいばか男」と憎々しげに吐き捨ててしまうシーンは巧《うま》い。言うまでもなく、彼女は自分たちの計画を台無しにした巡査への怒りから、つい本音を漏らしてしまったわけである。

〈宝さがし〉

この第二話は第一話を上回る傑作で、本書収録作の中でも、アンソロジー収録頻度が最も高い。わが国でも、ハヤカワ・ミステリの『名探偵登場③』（一九五六）に収録されたのは、この作品である。

本作もまた、事件の構図に関するひねりが利いた作品。〝ジェイムズ夫人の死〟と〝ルーの復讐〟というまったく異なる事件が、ラストで鮮やかに結びつく様《さま》を見て、感心した読者は少なくないはずである。そしてまた、ジェイムズ卿やルーに対するリーダー氏の〈読心術《マインドリーダー》〉ぶりもお見事。いや、ルーに関しては、前述の〈操心術《マインドコントロール》〉の方がふさわしいと言える。ルーの復讐心を利用してジェイムズ卿を追い込むリーダー氏の姿は、彼がまぎれもなくユニークな名探偵であることを示しているのだ。

そしてまた本作は、これまた前述した、〝探偵（リーダー氏）と犯人（ジェイムズ卿）の駆け引き〟を描いた作品として楽しむこともできる。だが、その前に、テレビドラマ・シリーズにおける本作の脚色ぶりに触れておきたい。

脚本の最も大きな変更は、原作では解決篇で明らかになるジェイムズ卿の妻殺しが、冒頭ではっきり描かれている点。おそらく、視聴者のわかりやすさを優先したためだと思われる。

その次は、リーダー氏がルーに罠をかける場面がはっきり描かれている点。これもまた、わかりやすくするためだと思われる。ただし、原作の「ルーが見ているのを知っているリーダー氏がノートブックを落とす」という、いささかわざとらしい罠を、「ルーが見ているのを知っているリーダー氏が駅の荷物置き場にカバンを置き、それをルーが盗む」と変えたのは、脚色を誉めるべきだろう。

ここで注目すべきは、〝冒頭で視聴者に犯人を明かす〟という手法。これにより、原作にもあるリーダー氏とジェイムズ卿のやりとりが、探偵と犯人の対決シーンに変わり――さながら、『刑事コロンボ』の一場面になっているのだ。リーダー氏の頼りなさそうな腰の低さもコロンボを思い浮かべてしまうので、私は『刑事コロンボ』を観ているような気分になってしまった。つまりリーダー氏は、〈犯人との駆け引きを行う探偵〉という観点からは、半世紀も後に登場したコロンボの先駆でもあったのだ。そう考えると、ルーを利用した罠も、コロンボ風に見えてくるではないか。

〈一味〉

本作もまた、リーダー氏と犯罪者の対決を描いた一篇。今回は、犯罪者側からの描写を増やし、彼が犯罪を進めていく姿を描いている――が、それでいて作者は、最終的な犯人の狙いが何かを伏せるという技巧を見せてくれる。倒叙形式で描きながらも読者には犯人の意図をすべて明かさない、という手法は、『刑事コロンボ』的でもあるが、ここは、ウォーレスお得意の、〝事件の構図探し〟だと見なすべきだろう。

一方で、本作におけるリーダー氏の描写は、これまで以上に名探偵らしく描かれている。特に、犯罪者の視点で描かれると、リーダー氏の恐ろしさがよくわかるではないか。また、彼を名探偵たらしめている大きな要因が、「seeker of information」、すなわち、情報収集能力にあることも、よくわかる。どうやら、ここまでの三話で、リーダー氏の名探偵像は確立したようだ。

〈大理石泥棒〉

……と思っていたら、本作でのリーダー氏は、これまで見せなかった顔を見せてくれる。それは、武闘派の面。危機に陥ったヒロインを救うために、階段を駆け上がり、仕込み傘の刃でドアを切り裂き、そこから銃を突きつけるのだ。いささかやり過ぎではないかという気もするが、シャーロック・ホームズなどもこういった姿を見せてくれるので、当時はごく当たり前の行動だったのだろう。……もっとも、テレビドラマ・シリーズのスタッフは、そうは思わなかったらしく、仕込み傘を使うシーンはカットしてしまったのだが。

一方で、探偵ヒーローものではない、ミステリとしての魅力は、またしても事件の構図当て。会社の横領事件と大理石泥棒が鮮やかに結びつく解決に、読者は感嘆の声を上げたはずである。仮に、「大理石の謎は専門知識が必要なので感嘆はしない」という読者がいたとしても、会社社長のマーガレットへの求婚が事件の中で果たす役割には、感嘆の声を上げたのではないだろうか。

〈究極のメロドラマ〉

本作をミステリとして読んだ場合、一度はリーダー氏の手を逃れて「おれを捕まえるには〝ラッキー〟じゃないと」と言っていたトミーが、無能なラスと組むという〝アンラッキー〟のために逮捕される、というオチ以外には、見るべきところはない。

だが、探偵ヒーローものとしては、見るべきところが満載である。作者はおそらく、前作まででリーダー氏をあまりにもスーパーマンのように描きすぎたと考えたのではないだろうか。本作は、彼が人間味を見せる一作となっているのだ。

例えば、マーガレットをデートに誘おうとして、自信がなさそうな態度を見せるリーダー氏。〝自信がなさそうな態度〟はいつものことだが、今回は、本当に自信がないのだ。

あるいは、マーガレットの内面がまるでわからないリーダー氏。犯罪者の心を持っていない彼女に対しては、お得意の読心術が、まるで機能しないのだ。

しかし、最も興味深いのは、舞台を観ながらリーダー氏が語る言葉だろう。「犯罪学に詳しいあなたは、あそこまで現実離れしたメロドラマは感動できないのではないか」と尋ねるマーガレット。それに対して、リーダー氏は逆に、現実離れしていないことを指摘し、メロドラマの理想主義に感動するのだと説明する。この言葉は、リーダー氏のユニークな個性を、見事に浮かび上がらせているではないか。


〈緑の毒ヘビ〉

今回も、大物犯罪者モウとの駆け引きが描かれているが、これまでとは大きな違いがある。リーダー氏が思考を操ろうとする対象は、そのモウではなく、仲間の方なのだ。物語の終盤で、リーダー氏の一見意味不明の行動の裏に隠された意味がわかったとき、読者は膝を打つに違いない。そしてまた、冒頭でムーア人について延々と語るシーンに隠された意味がわかったときも、再び膝を打つに違いない。

一方、探偵ヒーローものとして見た場合、前作のリーダー氏とのギャップに驚くに違いない。まさしく彼は、「犯罪者の心を持つ探偵」――というよりは、犯罪者そのものだからである。ミステリには、「自分の手は汚さず、他人を操って殺人を犯させる犯人」が登場することがあるが（特にエラリー・クイーンの作品ではおなじみである）、やっていることだけを見れば、リーダー氏は彼らと何も変わらないのだ。しかもラストでは、どう見ても、モウが一命を取りとめたのを残念がっている……。

〈珍しいケース〉

お次は〝事件の構図の反転〟タイプのミステリ。ラサードは、自分を騙《かた》る偽者が自分宛ての寄付金を巻き上げたと見せかけ、実は自分で自分宛の寄付金を手に入れていたわけで、かなりねじれた真相である。「ラサードは金を欲しかったら普通に寄付金を頼めばいいはず」と考え、彼を容疑者から外した読者も多いだろう。

なお、手紙の「able」の綴りが間違っているというデータが事前に提示されていない点については、アンフェアだと指摘する読者が少なくないと思われる。だが、フェアプレイを謳《うた》ったノックスの〈探偵小説十戒〉が発表されたのは、この本の出版より後の一九二九年なのだ。本書の前年に刊行されたアガサ・クリスティの短篇集『ポアロ登場』も、それほどフェアプレイを意識していない点を考えると、許容範囲ではないだろうか。

一方、探偵ヒーローものとしても、興味深い点がある。今回のリーダー氏は、事件解決後にカーリン夫人のことを考え、憂鬱な気分になるのだ。これまで犯罪者のことしか関心がなかった彼が、その遺族を思いやるというのは、初めてである。おそらくは、マーガレットの影響だと思われるが……。いずれにせよ、この描写により、さらにリーダー氏の人間味が深まったことは間違いない。

〈**投資家たち**〉

本作もまた、〝事件の構図あばき〟を描いた作品。今回のリーダー氏は、「毎月一日に銀行券で収入を得ている」以外は共通点のない人々が立て続けに失踪する事件の背後に隠された構図をあばくのだ。加えて、狡猾な犯人に利用されているように見えた弁護士が実は……という〝構図の反転〟もある。まさに掉尾を飾る傑作と言える……かどうかは、実のところ、自信がない。おそらく、発表当時は驚いた読者が多いとは思うが、現在、この本を手に取っている読者ならば、「よくある話だ」と思う可能性が高いからである。ここは、本短篇集で唯一、九十年以上昔にタイムスリップしたつもりで評価してほしい。もっとも、〝死地に陥ったリーダー氏が、とんでもない偶然で助かる〟、といったプロットも、さほど評価できないので、やはり高評価は難しいかもしれないが。それとも、私が読み逃しているだけで、マイルズがブレイチャー家に忍び込む理由が描かれているのだろうか?

本書で興味深いのは、マーガレットが、意外としたたかな性格の持ち主であると判明する点。外国の内戦を利用して金を稼ぐことに抵抗がないというのは、当時の大衆小説のヒロインとしては珍しい。この時代には、父親がこんな手段で金を稼いでいたら、諫《いさ》めるタイプのヒロインばかりだからである。もっとも、リーダー氏にお似合いなのは、こういう性格の女性なのかもしれない。

以上八篇、みなさんは、ミステリとしても、探偵ヒーローものとしても、本書を楽しんだと思う。そしてまた、本作が刊行から何十年たっても高く評価される理由も、〈クイーンの定員〉に選ばれた理由も、わかったと思う。

シモンズが前述の文で、「リーダー氏は他の作品集にも登場するが、本書がベストである」と言っているので、シリーズの他の作品までは訳す必要はないのかもしれない。だが、本書を読み終えた今、みなさんは、リーダー氏とマーガレットの恋の行方が気にならないだろうか？

そういう読者――何人いるかはわからないが――のため、本書の次作にあたる『Terror Keep』のラストシーンを紹介して、この解説を終わりにしよう。さて、読心術探偵は独身に終止符を打つのだろうか？

［注意！］この長篇のラストを知りたくない人は、ここで読むのをやめてほしい。

肉食系のマーガレットに「あなたは結婚する気があって、しかも、ある特定の人と結婚することを望んでいるのでしょう。でもあなたは、自分が歳をとりすぎているので、うら若き女性の人生を台無しにしてしまうと思っている。それはわたしのうら若き人生なのね、リーダーさん？」と問い詰められた草食系のリーダー氏は、「あなたの人生です」と答えてしまう。そして、この物語を締めくくる文章を訳してみると……。

J・G・リーダー氏の人生で初めて――あまりにも多くの愉快ならざる経験を積み重ねてきた人生で初めて――女性の柔らかい唇が自分の唇に押し当てられるのを感じた。「おやおや！」リーダー氏は数秒ほど息を切らしてから言った。「なかなかすばらしいものだな」と。

〔訳者〕
板垣節子（いたがき・せつこ）
北海道札幌市生まれ。インターカレッジ札幌にて翻訳を学ぶ。訳書に『レイナムパーヴァの災厄』、『白魔』、『ウィルソン警視の休日』（いずれも論創社）、『薄灰色に汚れた罪』（長崎出版）、『ラブレスキューは迅速に』（ぶんか社）など。

J・G・リーダー氏の心
——論創海外ミステリ 177

2016年8月25日　初版第1刷印刷
2016年8月30日　初版第1刷発行

著　者　エドガー・ウォーレス
訳　者　板垣節子
装　画　佐久間真人
装　丁　宗利淳一
発行所　論 創 社
〒101-0051　東京都千代田区神田神保町2-23　北井ビル
電話　03-3264-5254　振替口座　00160-1-155266

印刷・製本　中央精版印刷
組版　フレックスアート

ISBN978-4-8460-1547-3
落丁・乱丁本はお取り替えいたします